CW00455002

Luca Maletta

Quindici Milioni Di Parole

Ai P e C veri protagonisti di questa storia,
e a F che mi è stata accanto.

Prefazione

Spenderò poco per questa prefazione. Non voglio servirmene né per arricchire la storia, né per pubblicizzarla: se è un libro di valore questo, lo si comprerà; se non lo è, non mi interessa che venga acquistato.

Per dargli maggiore mercato, ho voluto investire sia sulla storia della mia vita che su quella del mio paese, delineandone usanze e costumi: magari sbaglio, ma penso che possa rivolgersi al tempo stesso a chi è intrigato dalla riflessione e a chi preme per l'azione, e è interessato alla mia scalata dal silenzio al successo. Ho investito, perciò, nella parola. Saltate quelle parti se non vi interesseranno: la narrazione non ne verrà impoverita. Voi però vi arricchirete meno.

Nessuno è profeta nella propria lingua, quindi non mi aspetto nulla. Invierò il romanzo fuori dalla Lingua Unica perché a volte è un bene diretto altre indiretto. Posso solo augurarmi che finisca nelle mani di veri lettori e non di compratori. Se ciò accadesse, mi rendo conto delle difficoltà che una valuta differente comporta: ai traduttori chiedo il favore di mantenere invariati quei pochi riferimenti geografici nel testo, i nomi propri e i termini di matrice socio-culturale disseminati per il testo –ai Lettori d'oltrelingua, invece, chiedo di credere alle difficoltà di un mondo che potrà apparire surreale, me ne rendo conto, ma che non è poi così diverso da tutti gli altri, essendo uguale l'uomo. A chi saprà leggere, buona lettura.

Benvenuti a *Speechlesstown*.

Quindici Milioni Di Parole

Prima Parte

1.

Della mia giovinezza ricordo soprattutto il buio.

Non si vedeva nulla per le strade del quartiere. I lampioni infatti non erano mai in funzione e non perché fossero rotti ma perché quello era il modo che avevano per costringerti a spendere parole: non far funzionare di proposito le cose così che, lamentandoti, avresti finito col pagare per qualcosa che ti spettava comunque di diritto. Per questo motivo, alla fine, pochissimi erano i lampioni accesi e ancor meno quelli non bersagliati da sassi o altri strumenti di ribellione. A questo però eravamo abituati: giravamo con le torce e se potevamo evitavamo certe vie; in aggiunta, poi, avevamo sviluppato una sorta di familiarità al buio, nel quale sapevamo aggirarci e che, interiormente, riuscivamo meglio di tutti ad apprezzare. Quest'ultima cosa in particolare credo mi sia rimasta, nonostante abbia vissuto anni immerso in luci ben più intense di quelle che da ragazzo mi indicavano la strada verso casa a Speechlesstown.

Prima che venisse aperta la *T.a.* (dove *a.* stava per acciaieria e *T.* per Thompson), di lavoro a *St.* non ce n'era stato mai. Era così che i residenti chiamavano Speechlesstown, il grande sobborgo metropolitano nella

periferia di Blabbermouth, la nostra capitale –non che
con quella ce ne fosse per tutti, di lavoro; eppure per
un po' la *T.a.* diede una speranza alle persone, e lo si
dovette ai Thompson: gente onesta, di parola. Perché
avessero deciso di aprire proprio a Speechlesstown
non lo seppe mai nessuno; nemmeno Thompson figlio,
futuro proprietario della compagnia. Dopotutto, oggi
come allora il mio era un quartiere povero e perciò pericoloso, e la sola apertura della *T.a.* non avrebbe mai
potuto risollevarne le sorti –probabilmente ci si aspet-
tò un'impennata industriale che però non ci investì.
Alcuni vociferavano che Thompson padre fosse di *St.*,
e che fosse questa la ragione per cui avesse investito
lì; mia madre però non ci credeva: elegante e istruito qual era, come poteva quell'uomo essere uscito da
Speechlesstown? Era l'istruzione infatti il problema
principale del ghetto in cui vivevo. La speranza era di
garantire alle famiglie la possibilità di una formazione
per i propri figli; cosa difficile però, perché la scuola è
un diritto solamente quando si è abbastanza istruiti da
saperlo. Avevamo per lo più doveri, noi. E così, a scuola ci andava solamente chi aveva parole da investire e
nessuno ne aveva mai –*io* non facevo eccezione: grazie
alla magnanimità di Thompson padre, a dodici anni
iniziai a lavorare. Fu quella la mia scuola.

   È questa la ragione per cui non so praticamente nulla
della storia di Speechlesstown: nessuno ne parlava mai,
così finii per chiedermi se un passato l'avesse, il mio
mondo; o se fosse obbligato al presente –sin da bambino avevo l'impressione che la situazione non fosse mai
stata diversa e certamente mai migliore: alcuni ritene-
vano che una volta si stesse meglio; che con tasse più
basse le famiglie fossero più unite, potendo far circola-

re liberamente le parole. Altri rispondevano che all'e-
poca lo stile di vita di quelle famiglie fosse più basso,
e che nonostante la crisi avesse sfiancato l'economia,
ridotto al minimo storico i fondi alla scuola e generato
un clima di eccessivo laconismo, ai giorni nostri fossero garantite molte più possibilità: ma garantite a chi?
Perché se le grandi metropoli e i ceti medio/alto/bassi
che le abitavano avevano vissuto il costante tiro alla
fune del mercato libero, *St.* ne era rimasta esclusa. Lei
come i quartieri degli autentici ricchi: Gabbyngton Palace, Windbag Place, Blabbermouth Hills; risparmiati
anch'essi, ma per motivi differenti.

Naturalmente non veniva detto con queste parole
esatte: non potevamo, erano troppe; eppure dalle mie
parti ci sapevamo far capire. Dovevamo, perché alla
povertà e al mutismo non andava lasciata sottomette-
re quella volontà che sa anche restare muta, se serve,
ma che al momento giusto grida, e grida forte. Nonostante gli affanni e le frustrazioni, perciò, eravamo
tutti persone di cuore che invece di dire per sentire
sentivano per dire –per questo non dimenticherò mai
il giorno in cui il vecchio Bill, staccando all'imbrunire
assieme a me, alzati gli occhi verso un tramonto particolarmente bello urlò:

"Guardate!".

Rimasi sbalordito –gli sarebbe costato un capitale,
ma al vecchio Bill non importava: figurarsi che non
era neanche vecchio, e che non si chiamava neanche
Bill! In realtà come si chiamasse non lo sapeva nessuno: non ci presentavamo mai; le inventavamo, per
lo più, le identità. Era un sepolcro chiuso, quel tale;
o almeno lo era stato sino a quel momento, e ciò non
fece che aumentare lo stupore per quel cielo. Anni più

tardi scoprii che quello stesso omone dai baffi corvini, le guance gonfie, i capelli radi e gli atteggiamenti rudi stava risparmiando per poter cantare una canzone: una canzone! Chi l'avrebbe mai detto, guardandolo? Ne aveva scelta una; era solo indeciso se intonarla sotto la doccia, sul balcone o su una panchina in mezzo al parco. Quel grido spontaneo avrebbe allontanato il suo sogno ma non la speranza; perché, dopotutto, quel tramonto era bello per davvero, e io lo notai soltanto grazie a lui.

È con questa immagine che vorrei iniziare il mio racconto.

2.

Oggi sono fortunato perché posso permettermi di ricordare quei giorni e raccontarli: qui in pochi ci riescono, perché le parole non sono quasi mai un appiglio. Ci lasciano cadere nell'illusione di essere capiti, le parole. Per questo immaginavamo Speechlesstown come un pozzo dal quale nessuno usciva mai: un abisso sociale, del quale non ci si poteva lamentare.

I Thompson ci erano riusciti –anzi, solo il figlio in realtà perché il padre, dal giorno della sua improvvisa ricomparsa, si impegnò instancabilmente in opere di beneficenza senza voler lasciare il ghetto; e ciò nonostante il figlio l'esortasse in continuazione a trasferirsi con lui sulle colline! Non ne capiva le ragioni; e forse neanche assistendo all'ultimo abbraccio che *St.* diede a suo padre si rese conto di cosa avesse significato per noi: non una persona mancò nel portare un saluto al signor Thompson e alla sua panchina al parco P; così puntualmente occupata da essergli intitolata –ma ci arriveremo. Era un chiacchierone, Thompson figlio: un poco di buono. Lo sapevo già da bambino e il tempo non fece che peggiorare quell'opinione. Così ciarliero, per niente umile: non come il padre, che rimase un uomo di poche parole, nonostante tutto. Anche se era un'altra la ragione per la quale in realtà era osannato.

Quindici Milioni Di Parole: era questo il nome della riffa che ogni anno la *T.a.* organizzava a favore dei suoi impiegati; i quali, a un prezzo simbolico, si trovavano in mano la possibilità di diventare spropositatamente ricchi.

Naturalmente il montepremi non era sempre stato così alto, ma con la decisione di ampliare la disponibilità dei biglietti crebbe la pubblicità, e così gli introiti; allora il jackpot venne progressivamente alzato fino a raggiungere le quindici milioni di parole: cifra talmente suggestiva da essere scelta dai geni del marketing come nome per la lotteria, che ancora sopravvive, al netto dell'inflazione.

Nei giorni dell'estrazione il ghetto impazziva! Non c'era angolo di Red Gullet Avenue che non fosse tappezzato di réclame. Il nome di quella strada era troppo lungo perciò la chiamavamo *via L* proprio perché per noi era la via della lotteria. Addirittura, lì ed altrove alcuni cartelloni restavano fissi per tenere accesa la fantasia delle persone. Tra questi, il più vistoso era quello su Glossitis Street che domandava: *tu cosa faresti con quindici milioni di parole?*

Ci passavo davanti ogni giorno di ritorno da lavoro. Allungavo la strada pur di capitarci davanti, così da sentirmelo domandare ancora, perché in me quella scritta assumeva la voce del signor Thompson; venuto col panciotto di velluto a domandarmi:

"E tu cosa faresti con quindici milioni di parole?".

Non riuscivo nemmeno a immaginarle, in verità; e mi dicevo:

"Leggerei tutto il dizionario, oggi", ma cambiavo risposta ogni volta; tanto me lo potevo permettere, finché restava nella mia testa.

"Riporterei voci che nessuno ha sentito" Pensavo, oppure:

"Girerei il mondo per raccontare a *St.* cosa c'è fuori di qui"; vivendo di illusioni.

Era il modo in cui cercavo di sfuggire al buio e al degrado che mi circondavano, e che per un istante riuscivo a far sparire leggendo quella scritta con tanta intensità da ritrovarmi altrove; in un posto migliore. Allora a farmi male era il dover tornare alla realtà: immagino fosse per questo che mia madre mi vietasse di sperare. Per proteggermi. Era scettica riguardo alla lotteria –lo era su tutto: i Thompson, le strade, mio padre, la riffa... La vita del ghetto ci abituava al sospetto, perché quando nessuno ti parla, finisci per guardare chiunque ti saluti. Accade lo stesso agli animali, credo. Trattali male e non sapranno immaginare un trattamento migliore: e così noi.

Nonostante la logorroica posta in palio, mamma restava fissa nella sua opinione per cui, viste le scarsissime probabilità di vittoria, partecipare fosse un azzardo che non potevamo correre; soprattutto con i prezzi che si alzavano. In più diceva:

"Nessuno ti offre mai nulla per niente", anche se con gli occhi, ovviamente; alludendo a qualcosa di losco.

Parla tanto solo chi ha qualcosa da nascondere, e non vuole lasciare agli altri il tempo di fare domande: questo pensava, anche a proposito dei Thompson.

Non ignorava i miei bisogni: se mi vietava di passare davanti al cartellone era per il mio bene, perché per arrivare a fine mese ci riuscivamo a stento a salutare. Eravamo solo noi due a sostenere il peso della luce, dell'affitto, della spesa: piccoli ciottoli che fanno una montagna. Eppure non capivo: eravamo tutti poveri nel quartiere ma gli altri compravano dieci, cinquanta, cento biglietti! Solo noi restavamo esclusi. Persino i più ostinati oppositori dell'acciaieria si trasformavano in incalliti partecipanti alla riffa. Le tentazioni erano ovunque; se ne parlava di continuo. In altre parole, le persone spendevano parole per trovare parole e soldi per guadagnarne a propria volta: una delle più grandi contraddizioni della storia, come tacere per ribellarsi. Ora lo so ma allora no, e odiavo quella vita.

L'uomo che non vuole niente perché ha già tutto. Lo invidio. Chi vuole tutto, invece, non sarà mai soddisfatto da nulla.

A mia madre si spezzava il cuore, lo sentivo: rincasavo e guardandomi negli occhi capiva che ero passato per G nonostante il suo divieto, e che perciò mi ero posto la domanda un'altra volta –mi stringeva forte a quel punto; e da soli, chiusi in quel bilocale senza comodità, parlavamo per ore senza la necessità di usare una parola. Eravamo uniti –eravamo qualcosa di più di due persone: ne eravamo una. Un giorno particolare in cui rincasando scoppiai in lacrime però, mia madre capì che un abbraccio non sarebbe stato sufficiente: avevo volato troppo in alto con la fantasia e mi ero fatto male ricadendo. Ben prima che *io* stesso me ne rendessi conto, mia madre sapeva già fino a che punto potesse osare la mia immaginazione: tutto le era chiaro; forse perché è questo che le madri fanno.

Ricordo che si allontanò per un istante e che, tornata col giaccone, mi fece cenno con la testa di seguirla. Non avevo idea di dove mi stesse portando, buio com'era: un unico fascio di luce mi mostrava gli ostacoli da evitare –attraversando il parco, mi accompagnò verso quella strada in cui la domanda mi veniva posta; lì, poi, certa di non essere vista, estrasse dalla tasca del giubbotto una bomboletta spray con la quale imbrattò il cartellone a proprie spese, cambiando la frase in: tu *vali più di quindici milioni di parole!*, dedicandomela.

Non so quanto le costò, ma quella scritta è ancora lì.

3.

Per dire poco ho speso molto; e mi accorgo che ci sono cose che dovrei spiegarvi meglio. Cercherò di essere breve.

Il nostro mercato si fonda sull'*Onnipotenza Semantica*, che è il principio secondo il quale le persone hanno libero accesso ai concetti a prescindere dal ceto sociale. Sostanzialmente, chiunque può esprimere qualsiasi idea: e questo è sancito, anche se non garantito –c'è un'enorme distanza tra potenziale d'espressione e libertà d'espressione, che dipende dal reddito come da voi il potere d'acquisto. In parole povere, e quindi poche: nel mio paese si è liberi di formulare qualsiasi discorso, ma non lo si può fare a alta voce se non si può pagare.

Ciò che diciamo ha un prezzo, che è stabilito in base al numero di parole usate, al numero degli ascoltatori e al volume della voce: per questo il vecchio Bill spese moltissimo, gridando a tutti; e sempre per questo molti sono in difficoltà sopra ad un palco ma spigliati insieme all'anima gemella. Gli impiccioni, da noi, sono dei ladri.

Ogni cosa che ci viene detta è come se ci venisse data: ogni cosa che diciamo, la doniamo; e così chi ha più da dare ha più da dire, anche se chi ha più da dire non sempre ha più da dare. Fanno eccezione le domande, che sono a carico dell'ignoranza e che nessuno pone per paura di risposte troppo lunghe.

Al contrario di quanto starete pensando, questo tipo di economia non impedisce la relazione ma la forza. Veicolato dal guadagno, il ceto medio insegue i rapporti e ve li basa: amicizie e amori hanno sempre un costo; il benessere che portano. A Speechlesstown invece, dove la lingua tende al risparmio, il parlare è tutto un: "sì, sì", "no, no"; venendo il più a costare. D'altronde, nei miei viaggi ho sempre trovato una Povertà muta: il pretesto è culturale.

Eppure, pur rinchiusi nella nostra miseria, parliamo spesso. L'importate è che l'altro ci risponda. Lo chiamiamo *discorso a somma zero*, e nell'economia del mio paese è il più frequente, descrivendo una situazione in cui una spesa o un guadagno è controbilanciata da un guadagno o da una spesa opposta dell'interlocutore, che appiana il bilancio. Da questo principio basilare dipende la nostra educazione e molte usanze, come quella di non togliere il saluto. Ne deriva anche la tendenza a stagnare in un discorso senza muoversi dalle proprie posizioni: per questo, le conversazioni sembrano spesso partite di ping-pong in cui ognuno dice la propria, ribattendo alle opinioni altrui senza averle ascoltate, ma solo sentite. E così la discussione finisce in un pareggio, e tutti ne sono contenti perché non hanno perso, pur non avendo guadagnato.

Come potevamo progredire, allora? Si annullavano forze uguali e opposte; e il presente non passava. A intervenire su questa equazione è sempre la stessa incognita: la tassazione.

Le persone se ne lamentano da sempre: paghiamo per ogni cosa che diciamo e ne deduciamo poi una parte per lo stato, che riempie la bocca dei nostri rappresentanti di parole, ma non di idee –quelle sono i partiti a fornirle; e poiché sono molti, le idee sono poche. In via teorica, tali parole servirebbero ai politici per riferire il volere del popolo: ciò non accade, e l'economia ne risulta ammutolita, perché la somma dei discorsi non raggiunge mai lo zero, e alla lunga nemmeno vi ci tende.

Anche per questo abbreviamo ogni parola. Lo facciamo con i nomi dei quartieri e le città, ma anche le strade, gli incroci, le autostrade. Aphasia Drive e Pharyngitis Street diventano semplicemente A e P, per questo c'è una grande confusione, non essendo mai del tutto chiare le nostre indicazioni. Facciamo lo stesso con i nomi delle persone, degli animali, i monti e via dicendo –oltre, poi, a certi verbi e modi di dire; che per dire di più diciamo con meno, arrivando a parlare in modo impronunciabile.

L'eterno conflitto dell'economia viene combattuto anche da noi: liberalismo contro protezionismo; con il popolo sempre liberale mentre la politica mai, per lo più, se non quando populista. Prima ancora che nascesse la parola, le tasse esistevano in forma d'appropriazione; e restando al passo coi tempi, pur cambiando non sono mai cambiate –una volta dissero, ad esempio:

"Aboliremo la tassa sul primo verbo!", e tutti impazzirono di gioia perché, capite, se non nel verbo dove dovrebbe vivere l'uomo? Nell'omertà generale tuttavia, due settimane più tardi venne promulgata una nuova imposta comunale identica alla vecchia, solo più cara. Aveva un altro nome:

Tassa
Obbligatoria
Verbo
Iniziale,

ma non per questo costava meno. Anzi, al prezzo di quattro parole ne ricavavi una! Esiste ancora quella tassa, ma non ricordo più se si chiami I.V.I. o V.I.P.O.

Si noteranno, così, due strategie opposte: in un'unica bolletta far pagare due parole, come con gas e luce; o in un'unica parola dirne molte, riuscendo a risparmiare. *Cosa* è l'esempio più lampante, essendo un coltellino svizzero linguistico, adatto a generalizzare tutto, dal concreto all'astratto. I ricchi non ne hanno bisogno, ovviamente: non dicono mai *cosa*, perché il benessere risiede in una specificità sempre maggiore. Da noi invece, dove il sistema è classificatorio, alcuni significanti vengono ancorati a più significati: *papà* è uno di questi. Per risparmiare, chiamiamo papà sia gli zii che i fratelli, gli amici e i benauguranti. A volte anche le donne, perché padre è chiunque faccia il bene di chi parla, e non potevamo permetterci di specificarne sempre il ruolo.

4.

Non ci volle molto perché quella speranza che mia madre aveva tentato tenacemente di sotterrare tornasse in superficie: a quel punto nessuna scritta e nessuna vernice poté ammutolirla ancora.

Avevo sedici anni all'epoca, e sapevo ben poco di come andassero le cose. Anzi, non sapevo proprio niente che non avessi imparato per le strade. Confinato nel ghetto, sognavo di viaggiare nonostante non avessi idea di cosa ci fosse al di fuori: per quanto ne sapevo, il mondo poteva essere piatto –cosa che molti pensavano davvero, non avendo mai studiato.

Riempivo il vuoto attraverso quella vivace fantasia che in me la mancanza di nozioni aveva reso dirompente: dopotutto, la scuola si era limitata a fornirmi armi poco affilate, lasciandomi praticamente disarmato. Se non fosse stato per quella mia sensibilità, chissà che ne sarebbe stato di tutto questo. Non avrei mai scritto, questo è certo: non ci avrei provato. Avrei alzato le braccia in segno di resa alla vita, e forse avrei spacciato. Invece mi armai di un'incredibile passione per la parola, e feci come per andare in guerra. Inventavo nella mia testa la conquista di popoli e di stati che non erano reali ma soltanto immaginati: per gioco, tutto incominciò da lì. Da quelle storie che raccontavo solo a me, e che erano la mia realtà.

Quando si è obbligati a non avere si finisce per non volere: a mia madre era accaduto questo eppure *io* non volevo rassegnarmi, e quando a un tratto mi stufai di quello svago e mi resi conto di conoscere solamente Speechlesstown e ciò che avevo calpestato, iniziai a sentirmi asfissiato da quella piccola realtà. Nessun altro avrebbe potuto ampliare il mio sguardo: di sicuro non mia madre, cui mi sembrava non interessasse vedere al di là del presente in cui era imprigionata.

Non disprezzavo ogni cosa, sia chiaro: mamma era unica, come ho già detto; il lavoro, anche se faticoso, quel poco me lo garantiva, e in più avevo una ragazza fantastica, carina e amorevole –non ci eravamo ancora detti le parole, un po' per il prezzo e un po' per il valore, ma contavamo di farlo presto. Eravamo dei ragazzi, e sognavamo di andarcene insieme: una promessa che avevamo sugellato tacitamente. Perciò, non avevo sviluppato di punto in bianco un'avversione per tutto –semplicemente crebbi in ambizione, ma non come passando per Glossitis Street: nessuna fantasticheria infantile; vera volontà, piuttosto. E il primo passo, pensai stupidamente, sarebbe stato tentare la fortuna.

Quello fu il giorno più importante della mia vita: lo stesso dell'estrazione.

La smania mi prese la mattina appena sveglio: in testa avevo solamente quel pensiero. Attaccando, mi imbattei in decine colleghi che sventolavano con fierezza i propri biglietti. *Io* non mi immischiavo mai nelle discussioni altrui, per buona educazione; specialmente in quelle riguardanti il *Quindici Milioni Di Parole*, non avendo possibilità di comprarne un biglietto, a sentire mia madre: eppure mi sarebbe piaciuto ascoltare –quella volta più che mai. Il tono con cui si esprimevano, la fermezza dei loro detti: sembrava che ciò che mancasse loro in probabilità l'acquisissero in convinzione! È sempre così con chi tenta la fortuna.

Stringevano tutti una decina di biglietti in mano: io solo non ne avevo.

Contagiato da quella febbre, prima di entrare incominciai a informarmi ansiosamente su dove trovarli: doveva esserne rimasto almeno uno! Che figura ci avrei fatto altrimenti?

Non so cosa mi disse la testa, ma senza pensare chiesi a Bill di coprirmi un paio d'ore; poi sgusciai via correndo come un forsennato, facendo attenzione a non ansimare troppo per non venir tassato. Tanto lui di biglietti ne aveva una ventina.

Battei ogni negozio, bar, locale e bettola di Speechlesstown, da Laryngitis Street a Pharyngitis Street, attraversando Aphasia Drive sino ai confini del ghetto, dove le sette Avenue di Blabbermouth iniziavano la loro risalita sino alle colline dorate dove le ville dei ricchi e delle celebrità (critici, cantanti e chiacchieroni) dominavano con sdegno il panorama industriale della valle: ovunque però ricevetti, per così dire, la stessa risposta. Erano finiti.

Pur di restare a bocca asciutta, gli abitanti di *St.* avevano acquistato ogni biglietto della riffa messo in vendita. Alcuni non si sarebbero potuti permettere l'affitto, eppure la speranza gli avrebbe dato un tetto. Ahimè, all'ultimo secondo non avrei trovato nulla. Così, ripercorsi a ritroso i miei passi a testa bassa: che destino misero mi si prospettava! Avrei spalato ghisa in silenzio sino al silenzio eterno; come mio padre, che aveva visto soffocata la propria vocazione.

Mi riaccesi proprio a quel pensiero: fu il suo ricordo a darmi nuovo ardore. Non mi sarei arreso: non avevo trovato biglietti in modo lecito ma magari potevo riuscirci in modo illecito, mi dissi. Vivendo per le strade e avendo sempre tenuto gli occhi ben aperti su certi traffici, sapevo che da qualche parte ci dovevano essere dei bagarini che vendevano biglietti a prezzo più alto. Dovevo solo trovarli, perciò invece di passare per Black Lung Avenue o svoltare su Dysphonia Drive decisi immergermi nel mutismo surreale di Stutter Road, nel quale ero sicuro di trovare qualcuno che faceva al caso mio.

A chi non ha mai percorso Stutter Road è impossibile descrivere la sensazione che si prova attraversandola: il silenzio che la caratterizza è tale da suscitare l'illusione di sentire il proprio sangue far rumore tra le vene. La chiamiamo anche strada S., o S, per via di quel silenzio. Questa stradina ai confini meridionali di *St.* è la più povera di tutto il mio paese, e non una parola la attraversa mai. È animata unicamente dalla Babbling Line -la linea sopraelevata diretta a Blabbermouth Centrale-, e dagli sguardi di cani messi a guardia di case fatiscenti, con indosso museruole simili a quelle che portano i loro padroni.

Mi fermai alla traversa con Hush Lane appoggiandomi contro un pilone della sopraelevata. Avrei dovuto aver paura ma anche se non era posto per un adolescente, quello, mi sentivo come a casa –forgiato alla vita del ghetto, e sospinto incoscientemente dai miei sogni, ignoravo i pericoli che stavo correndo perché quello era il mio quartiere, la mia realtà. Non conoscevo il canto degli uccelli ma gli spari; e poi bande, territori e rappresaglie, quindi era normale per me, in un certo senso: sarei potuto benissimo non uscire più da quella strada ma non mi importava, tanto non avrei potuto urlare.

Fu allora che mi sentii sfiorare un braccio, toccato da un uomo magro da far impressione avvolto in un soprabito di due misure più grandi del necessario, che subito si tirò fuori dalla tasca un blocco di quei biglietti che cercavo. Nelle altre tasche aveva droga e armi, ma chissà come capì subito cosa cercavo. Nel ghetto, comunque, era normale.

Strabuzzai gli occhi: conoscevo quel tale! Non bene, certo, ma lo conoscevo –in fondo, chi poteva dire di conoscersi davvero a Speechlesstown? Le informazioni erano un lusso: come le opinioni. Eppure tutti sapevano di lui e del suo dolore grazie a Thompson padre, intermediario durante tutta la vicenda. Donnie, lo chiamerei. Aveva lavorato alla *T.a.* e quella disgrazia lo investì mentre era a lavoro. Thompson in persona passò più volte a trovarlo a casa, proponendosi di pagare le spese mediche e legali per la moglie –avevamo uno psicologo all'acciaieria, anche se nessuno ci andava mai visto quanto costava: T. padre si offrì di metterglielo a disposizione. Tutto spesato, naturalmente. Immagino che Donnie apprezzò ma era chiaro che non ci fosse molto da fare –almeno una seduta però dovette averla fatta: non di più, visto cosa era diventata la moglie, rinchiusa in casa.

"I rapporti si costruiscono sulle parole" Disse loro lo psicologo: per questo si era gettato nel tentativo disperato di salvare quel matrimonio già crollato che lo aveva sepolto assieme a una donna che tanto aveva amato e che tanto avrebbe desiderato tornare a amare

–lo sapeva e ne soffriva, perché fondamenta non ne aveva avute il loro amore. Non nel silenzio. Nessuno ne aveva, a dire il vero: erano così superficiali i nostri rapporti... ma forse lo sono ancora; forse lo sono tutti: anche i vostri. Di questo però Donnie non se ne rendeva conto, e così si presentò alla seduta convinto che una volta liberi di udire e dire a spese del signor Thompson la verità sarebbe uscita fuori e insieme a essa il dolore, e la frustrazione. Non fu così. Non poteva –troppo semplice. Lei non parlò, assuefatta al silenzio: forse neanche volendolo ci sarebbe riuscita –forse nessuno di noi ne era più in grado. Anche se, a che scopo continuare a dire forse? I forse non hanno alcun valore. Ci capivamo, certo, ma non perché ci udissimo: saremmo potuti essere tutti sordomuti e non ce ne saremmo neanche accorti. Ci sentivamo, piuttosto; e Donnie, nel suo modo speciale così simile a quello con cui mia madre sentiva me, riusciva a capire sua moglie persino meglio di quello psicologo, pagato fior fior di parole per dire il nulla. Anche per questo si disperò: perché quanto era accaduto se l'era sentito, sentendo lei.

Di lì a poco lasciò l'acciaieria per dedicarsi a tempo pieno alla ricerca della sua vera sposa, convinto di poterla ritrovare: e lo faceva parlandole spesso e indebitandosi per farlo; il tutto nella speranza di farla innamorare di nuovo e tornare a far l'amore come un tempo; come prima della gravidanza, prima del parto, prima della depressione e dell'irrimediabile. Non so nemmeno se un nome l'avesse mai avuto, quel bambino.

Come Donnie si fosse ridotto a fare il bagarino non lo sapevo ma potevo immaginarlo.

Mi guardai attorno per assicurarmi di non essere visto da occhi loquaci; poi tornai nei suoi, di occhi, e facendo un lievissimo cenno con il capo gli feci capire che *sì*, mi interessava. Non servì altro: mostratogli che ebbi quanto avevo a disposizione, con obbligata reticenza staccò dalla risma un singolo biglietto dorato che, mi fece capire, era già un favore se mi vendeva, visto il mio riserbo. Lo pagai molto di più di quanto costavano davvero. Una settimana di lavoro, mi pare; ma ci stava, comunque, perché erano finiti e poi perché è così che il mercato funziona. Anzi, spesso nei teatri o nei concerti gli stessi artisti acquistano per sé i biglietti solo per rivenderli col passaparola: e questo mi sembra peggio, no? Non provai neanche a contrattare: mi sembrò un miracolo già soltanto l'averne trovato uno! Lo presi avaramente e Donnie fece lo stesso, togliendomi le parole di bocca quasi fossero la sua ultima risorsa di sopravvivenza; e allora capii che l'unico luogo di quella tragedia consumatasi nel silenzio e che nel silenzio era stata da tempo dimenticata era il suo cuore.

Chissà come le usò quelle parole…

A transazione ultimata andò via senza degnarmi di uno sguardo, allontanandosi tra i piloni della sopraelevata e lo squallore di Stutter Road. Lo imitai. Dentro ardevo come una fornace ma aspettai un paio d'isolati prima di esultare: poi esplosi! Iniziai a saltare come un pazzo, mimando grida che però facevo attenzione a non lasciarmi scappare. Mi dissi che mi sarei trattenuto per poco, ancora: avevo il biglietto vincente in mano. Doveva esserlo, visto quanto lo avevo pagato! Non mi restava nulla: nient'altro oltre a quel biglietto e alla certezza che sarei stato *io, io* il vincitore del *Quin-*

dici Milioni Di Parole.

Appurata la questione, iniziai a fantasticare su cosa avrei fatto con la vincita, tornando a attici in città e ville in collina. Illuso e eccitato, non vedevo l'ora di raccontare tutto a mia madre! Certo, sulle prime non sarebbe stata felice; scoperto però che il nostro era il biglietto vincente, tutte le remore sarebbero svanite: mi avrebbe ringraziato a voce per la prima volta, allora; ci saremmo abbracciati e poi magari avremmo pianto –potevamo permettercelo ormai.

Naturalmente ero convintissimo di quelle mie illusioni. Conoscevo un negoziante: un tipo ambizioso, convinto di poter andare via. Stava sempre a guardare Blabbermouth dal balcone –a volte mi svegliavo prima per vederlo: avrei pagato poemi per sapere cosa gli passasse per la testa mentre si faceva scorrere l'aurora addosso. Alla fine ci riuscì e fummo felicissimi per lui: lo salutammo festosi, augurandogli i più brevi silenzi; lieti che avesse realizzato il sogno che era poi di tutti noi. Organizzammo una festa in suo onore: solo mia madre mancò, perché sapeva. Dopo nemmeno un mese lo vedemmo tornare ridotto sul lastrico, inespressivo in volto; svuotato delle parole dalle parole che tanto aveva sognato e che tanto, alla fine, gli avevano tolto. Arrampicandosi verso la luce, aveva abbandonato il fondo; poi era caduto nuovamente giù nel pozzo, e tornarci era diventato insostenibile. Tutto si era fatto nuovamente nero: anzi, non lo era stato mai così tanto. Ci si spezzò il cuore ma nemmeno più di tanto: come ho già detto, nessuno se ne andava mai –nemmeno *io*, che anni più tardi sarei tornato.

Di storie come la sua a Speechlesstown ne conoscevo molte: il problema era che non potevo ancora raccontarle. Il tale si uccise di lì a poco, sparandosi un colpo con il silenziatore: non poteva neanche permettersi di morire rumorosamente.

Avrei dovuto impararne la lezione ma ero convinto di stringere il biglietto vincente e di avere un'opportunità concreta, capite? Avrei portato via mia madre e la mia ragazza per non tornare più: dovevo solo vincere. Me l'ero ripromesso.

Avrei incontrato proprio *lei* al tramonto: quale occasione migliore per uscirmene con quanto ci eravamo impegnati a dire? Mi sentivo pronto. Lo senti, quando è il momento. E sapevo che il momento era arrivato e che era giusto farlo. Non avevo più molto ma stringendo il biglietto vincente in mano indebitarmi per due paroline, anche se costose, non sarebbe stato un gran problema –ero terrorizzato. Non riuscivo a smettere di chiedermi se fosse giusto il modo in cui ero convinto si pronunciassero: dove cadeva l'accento in *ti amo*? Non che cambiasse, visto che certe parole puoi pronunciarle male ma lo stesso suonano in maniera armonica. Presto l'avrei scoperto ma la paura mi paralizzava –e se avesse riso? Impossibile quello: nessuno a *St.* poteva essere abbastanza colto da riconoscere una pronuncia sbagliata o abbastanza sfrontato da ridere di chi spendeva. Non avevo mai provato a farlo: quand'ero con *lei* non parlavo. Non avrei saputo che dire perché come potevo usare delle parole con lei? Piuttosto avrei dovuto usarle per lei, facendo di quel tessuto privato che è la lingua (non collettivo; non dalle mie parti) un abito meraviglioso da farle indossare.

Immerso in questi pensieri, risalii Speechlesstown sino ai cancelli della *T.a.* nel pieno del mattino perché, messi da parte i sogni, la realtà dei fatti prevedeva che tornassi a lavorare –anche se ancora per poco.

Entrai di soppiatto cercando di non farmi vedere: lo feci passando per un'uscita secondaria mescolandomi tra dei colleghi in transito. Credevo di averla sfangata, quando a un tratto mi sentii chiamare.

"Ei tu!".

Il sangue mi si ghiacciò nelle vene. L'avrei riconosciuta tra un milione, quella voce: era l'unica tra tutte che temessi.

"Sì, dico a te: cosa ci fai a zonzo a quest'ora?".

Mi voltai di scatto, sorpresissimo di essermi imbattuto proprio in Thompson figlio, il mio incubo peggiore.

Se non ricordo male, all'epoca doveva avere circa trent'anni nonostante si presentasse in maniera molto matura –ricordava vagamente il padre, solo che al contrario del suo vecchio (gonfio e tarchiato) lui era snello, quasi magro; sembrava anche più alto ma per scoprirlo si sarebbero dovuti mettere vicini. Cosa che impossibile, visto che si evitavano.

Non risposi –lui insistette:

"Perché non sei a lavoro, ragazzo?", e avvicinandomisi: "Ti pago per passeggiare?".

Spaventato e colto sul fatto, non osai nemmeno balbettare –in quanto costo del personale, sapevo già che a lui quelle parole sarebbero state dedotte dalla dichiarazione dei redditi mentre a me dallo stipendio. Mi nascosi il biglietto dietro la schiena perciò, stringendolo infantilmente, e fortuna volle che qualcuno lo chiamasse, distraendolo un istante per darmi modo di allontanarmi.

"Mi ricorderò!" Mi urlò poi, rivolto al vento.

Ne risi: ero convinto che non ci saremmo più rivisti.

La vita però avrebbe voluto diversamente.

Ritrovai il vecchio Bill ancora preso a vantarsi dei biglietti: era chiaro che per quel giorno non si sarebbe lavorato. Lo presi da parte e, esultante, gli mostrai cosa avevo acquistato. Gongolavo. Avrei voluto sbattere il mio successo in faccia a tutti, oltre che a lui; e lo avrei anche fatto se un suo sguardo allarmatissimo non mi avesse fatto raggelare il sangue nelle vene. Non appena ebbe visto il mio biglietto infatti, Bill iniziò a scuotere la testa, strabuzzando gli occhi come fa chi vuole dire qualcosa quando ha la bocca piena –o vuota, nel suo caso. Non potendo parlare, mi mostrò i suoi, facendomi notare che sembravano –no, non che sembravano: che erano! Che erano diversi dai miei.

Come avevo fatto a non accorgermene? Me li avevano sbattuti in faccia tutto il giorno! Ci pensò Bill a avvicinare uno dei suoi biglietti al mio –quasi svenni. Ero stato truffato. Mi avevano venduto un biglietto chiaramente falso, perché senza parole.

5.

Mi viene da ridere a pensarci –all'epoca naturalmente no: non lo feci. Piansi tutta la mattina.

Che idiota che ero stato! Perché non avevo controllato? Avrei dovuto immaginare che Donnie volesse imbrogliarmi. Perché non avrebbe dovuto? Tanto sapeva che non lo avrei denunciato, né che mi sarei vendicato. Mi atteggiavo tanto da ragazzo di strada ma ovviamente non lo ero e mi crollò il mondo addosso, vi assicuro; non per le parole in sé ma perché mi sembrava capitasse sempre tutto a me, e finissi sempre per cascarci! Le persone non aspettano altro, quando tieni la bocca aperta: ti tagliano la punta della lingua, e forse la soluzione è tenere i denti stretti, e non aprirsi mai.

Passai il resto del pomeriggio con le spalle basse e il mento ancora più basso, fuggendo la gente che sembrava ridesse di me quasi fossi lo zimbello del ghetto; erede di mio padre. Naturalmente quella storia non la seppe mai nessuno oltre a Bill, che comunque si può dire mi conoscesse appena, e avesse ben altro a cui pensare –soprattutto dopo che quei biglietti tanto sbandierati gli vennero rubati a cento metri dall'uscita dall'acciaieria, nell'omertà collettiva. Lo circondarono in cinque e lo picchiarono a sangue: era un sognatore anche lui, e in certi posti chi è come noi ha vita breve. Se l'era cercata, gli dissero: è sempre così. *Io* non c'ero ma non avrei fatto nulla lo stesso: a un certo punto impari a tenere gli occhi bassi se vuoi tenerli aperti.

Ero diretto a casa e fui fortunato: incontrai solo il silenzio, e lo sentivo parlare –mi diceva: *rimarrai qui per sempre*; e ormai *io* gli credevo.

Non entrai subito –non mi andava. Capita sempre ai giovani di scambiare un porto per una scogliera e una scogliera per un porto; e a me accadde lo stesso. Mi ritrovai, così, a ripercorrere a ritroso i passi della giornata, vagando tra Paper Street e Stummer Road –volevo tornare a Stutter Road per reclamare: ma reclamare a chi? Eppure non mi andava di rientrare a casa, per questo mi sedetti su un marciapiede a bordo strada e stetti del tempo con la testa sulle gambe, abbracciando le ginocchia mentre fissavo il vuoto. Solo, perché non potevo confessare a nessuno la mia stupidità.

Quando finalmente mi convinsi a rincasare, ricordai di dover uscire verso sera. Sbuffai: non mi andava per niente. Evitai di passare per Glossitis Street, temendo di ritrovarmi a tu per tu con quel messaggio; che era poi la vera ragione per la quale non volevo ritornare a casa. Come avrei fatto a spiegare tutto a mia madre? Come dirle che non solo le avevo disubbidito; non solo avevo buttato via la paga; non solo mi ero fatto imbrogliare ma avevo addirittura ignorato la sua scritta? Quella era la cosa peggiore, probabilmente. Forse lei avrebbe sminuito la questione e mi avrebbe consolato ma non riuscivo a crederci: mi abbatto spesso per cazzate che lì per lì mi sembrano importanti. Credo sia la mia natura. Arrabbiato con me stesso quindi, diedi per scontato che anche mia madre lo sarebbe stata: rincasai praticamente certo della reazione che mi avrebbe investito –salii le scale con infinita lentezza, e ogni passo pesava come una valanga di doveri; quasi quella sfuriata fosse un'incombenza cui non potevo più sfuggire. Tenni il biglietto in mano pronto a posarlo sotto gli occhi di mia madre non appena mi fossi consegnato; e quando arrivai, la trovai in cucina a fissare quel televisore staccato che tenevamo per mobilio, non potendoci permettere di accenderlo. Fissava un vuoto senza luce, facendo dei calcoli a mente: era la nostra vita; la vita mia e la sua, legate assieme dalla speranza.

Senza darle il tempo di voltarsi, sbattei il biglietto dorato sul tavolo, facendola sobbalzare.

Se ne accorse subito che era falso, perché era più accorta di me. Aspettai la sfuriata perciò: la meritavo! Mi avrebbe fatto bene, la pretendevo, in un certo senso. Immaginate la mia sorpresa allora quando la vidi tornare a fissare il nulla: si limitò a allontanare da sé il problema, ripiombando nell'abisso dal quale l'avevo strappata –e *io* lì, attonito.

Mi ritrovai ad odiarla: probabilmente ne avevo bisogno, per non odiare me. Che società è quella in cui non ci si può permettere di sgridare chi sbaglia? Che mondo è quello in cui azioni giuste e sbagliate hanno lo stesso peso? Non odiavo lei: odiavo ciò che rappresentava. Speechlesstown. Avrei desiderato parlasse; che si esprimesse –che per una volta non indovinasse le cose ma me le chiedesse; e che se avessi meritato una ramanzina, me l'avesse data. Mi avrebbe fatto sentire bene: o almeno così credevo. In verità, non credo sapessi nemmeno *io* cosa volessi.

Di sicuro non volevo stare altro tempo in quella casa silenziosa, tra quelle mura asfissianti che soffocavano la mia creatività. Mi ero goduto troppo l'idea della ricchezza per tornare indietro –sognavo il chiasso, e di liberarmi dei pensieri. Avevo frainteso cosa fosse la libertà. Poi all'improvviso, detonati dal silenzio di mia madre, tutti quei pensieri mi esplosero dentro: incontrollati; spingendomi ad urlare.

Non dimenticherò mai lo sguardo sconcertato nei suoi occhi quando mi sentì impazzire –il resto l'ho dimenticato: cosa dissi, cosa pensai. Esplosi di un urlo senza senso e senza scopo, fatto di pura rabbia e frustrazione: informe e infelice. Non gridavo contro di lei ma verso il vuoto, per bruciare i nostri averi; e lo feci a lungo, sfidandola a zittirmi.

Ci provò con la forza, slanciandosi verso di me per mettermi una mano sulla bocca: negli occhi un fuoco acceso dal pianto. Liberandomi della stretta però, *io* continuavo a urlare indemoniato, scagliandomi contro tutto quello che sembrava mi stesse imbavagliando. Vi invidio, perché dalle mie parti non esiste liberazione: se un'emozione ha un saporaccio, la ingoiamo. Ci educano a questo, da bambini: a non sputare. Solo che ne avevo ormai il rigetto.

E così, mia madre mi stringeva ma *io* mi liberavo sempre da lei, senza sentirla, perché si inizia a ascoltare i genitori solo quando non ci possono parlare più. Quando finalmente mi calmai, lei si accasciò piangendo. Neanche con quindici milioni di parole potrei descrivere la sua espressione: sembrava non mi riconoscesse più –all'improvviso avevo smesso di essere suo figlio; e quando se ne accorse anche lei, pianse davvero.

La vidi rotta, spezzata in due sul pavimento; nella polvere. Tenni il punto, sulle prime, poi provai a avvicinarmi. Le dissi:

"Mamma scusami, ti prego", spendendo ancora, ma per una giusta causa.

Ritirandosi dalla mia voce, si scostò e poi scostò me; rabbiosa, finalmente –urlò anche lei, con irruenza e distacco, implorandomi di andare via in versi bestiali. La implorai *io* a quel punto, pregandola non più a parole ma con gli occhi; con uno sguardo disperato e dispiaciuto –giunto, nei gesti. Nulla però. Ormai più nulla. Non potendo fare altro, me ne andai: forse per sempre, mi dissi.

Lei non aveva più un figlio, *io* non più una madre.

6.

Rimpiansi subito quello che avevo fatto: tornata la lucidità, provai orrore per ciò che avevo gridato a mia madre. Avevo perso il controllo.

A voi sarà successo, perciò siate indulgenti: a Speechlesstown non è concesso. Nella vostra società è cosa da poco: usate le parole per dar sfogo a frustrazioni, non per crearle. Noi invece sotterriamo i sentimenti a fondo, mantenendo il controllo sulle cose; perché chi perde il controllo, perde denaro. Soffriremmo meno a parlare di più. Se solo potessimo ritirate le parole come fa il mare con le onde! Voi lo fate con le promesse, e sembra funzioni. Sbaglio?

Le parole non ritornano: una volta che sono state dette, e quindi udite, non possono venir restituite – colpiscono, feriscono e svaniscono. Almeno da noi è così. Neanche il discorso a somma zero le rende ma ne da' un corrispettivo.

Esiste un detto, nel mio paese: *l'offesa costa meno delle scuse*, e penso dica il vero –altrimenti perché dovremmo usarlo? Non a caso, le seconde si usano poco mentre le prime abbondano.

Negare è gratis.

7.

Per questa ragione, uscii di casa convinto non ci fosse più niente per me lì –o meglio: convincendomene, perché sentivo che se mi fossi fermato a pensare sarei crollato. E così, trattenendo le lacrime scesi le scale del mio palazzo focalizzato su altro –su un'altra.

La mia fidanzatina di allora era perfetta. La prima volta in cui la vidi guardava il mondo affacciata alla finestra del proprio appartamento nel palazzo dirimpetto. Lo facevamo tutti, per passatempo; eppure *lei*, a differenza nostra, sembrava cogliere davvero l'essenza di quello che osservava. Le sorrisi, ma soltanto perché mi venne naturale: il suo sorriso conteneva il mio; e da quel momento non riuscii più a smettere.

Nonostante abbia le parole oggi, non riuscirei a spiegarvi cosa rappresentasse per me quella ragazza: la sua bellezza alleggeriva i miei silenzi; per questo penso ancora a lei, quando la vita mi pesa addosso.

Era tante cose assieme, di questo sono certo: e che chiacchierate che ci facevamo! Sapevamo ogni cosa l'uno dell'altra pur non essendoci mai rivolti la parola. Probabilmente l'amavo, anche se non potevo permettermi di ammetterlo, visto che già i concetti astratti costano di più, se legati alle emozioni poi… Ero solo un

ragazzo quando sognavo le sue mani, e ogni mattina
la cercavo, a lavorando pensavo a lei e di notte la sognavo: senza mai, mai confessarle nulla. Non serviva.
Vi chiederete come potessimo avvicinarci a una persona cui il nostro cuore si era offerto senza poterle dire *tu
mi piaci*, come ci potesse esser stata strappata una così
umana libertà e come potessimo accettare una simile
ingiustizia; ma in verità nemmeno *io* lo so. Essendo
tale la nostra società era tale la nostra lingua; ed essendo quella la nostra lingua, era quella la nostra mente:
da che nasciamo, per noi l'amore ha un prezzo –forse
non sapremmo nemmeno immaginarlo altrimenti.

Una volta uscito, la vidi di fuoco bruciata dal tramonto che le cadeva addosso: mi stava aspettando nel
piazzale, fu una visione!

Immagino sarebbe bene descriverla, visto quanto
fu importante per me –come però? Nell'usanza delle colline dovrei esplorarne ogni anfratto, sentiero e
rilievo, senza lasciare nulla all'immaginazione; un
lettore più borghese, invece, troverebbe sconveniente
se inquinassi una descrizione incontaminata: e vuoi
per preservarla, vuoi per risparmiare, pretenderebbe
mi concentrassi su quel singolo declivio attraente, o
l'unico margine in fiore capace di svettare sugli altri
–onestamente, tra le due vie preferisco descriverla alla
maniera di Speechlesstown: senza farlo.

Mi aspettava accanto al portone del suo palazzo
seduta in disparte su uno dei gradini: i soliti vestiti
rammendati; lo zainetto più grande di lei.

Il parco era a due passi e ci aspettava, eppure esitai
a raggiungerla –mi nascosi per evitare che mi vedesse:
mi sentivo lercio e non volevo presentarmi in quelle
condizioni. Gli occhi gonfi, la gola secca: avevo mille

pensieri per la testa. Come avremmo fatto a superare il mese, *io* e mia madre? In più quello era il giorno, me lo sentivo, ma non avevo nulla da dirle!

Alla fine fu *lei* a venire da me: mi diede un bacio per salutarmi e *io* glielo restituii, trattenuto –penso capì tutto già allora, perché mi guardò con quei suoi occhi di mare in un modo che mi fece sentire in bocca il sapore del sale. Sorrisi forzatamente però, e per imitarmi lo fece anche lei; poi le diedi la mano e ci avviammo verso quella disperata miseria che era Pneumonia Park, il polmone malato di Speechlesstown. Ci andavamo solo perché non c'era altro posto in cui stare: tra i sentieri sterrati spuntavano così pochi alberi da non permettere al parco di fare da cornice a alcun amore; tanto meno al nostro: giovane, e perciò nascosto.

Passeggiammo sino a che il mio distacco non la fece dubitare –i suoi sguardi non potevano lavare via le macchie: solo rivelarle. Camminavo a testa bassa, tenendole appena la mano con un dito. Avrei dovuto accarezzarle il viso, guardarla fisso e mostrami per quello che ero: fragile, ferito. Invece persi tempo a fingermi naturale, e questo non funziona mai, con chi conosce la tua vera natura. Se fossi stato sincero mi avrebbe raccolto da terra; invece mi fingevo tra le nuvole, pretendendo di essere più in alto di lei –forse è per questo che mi trascinò su una panchina (la prima cui ci imbattemmo), e prendendomi il viso tra le mani mi guardò con una dolcezza che nessuna mi donò più. Sorrise, ma questa volta *io* non ci riuscii; forse perché sapevo cosa stava per dirmi.

Allora col cuore in mano mi sussurrò, timidamente: "Ti amo", ma io non le risposi.

Il *Se*, ho scoperto di recente, è la parola più venduta:

ce n'è una richiesta continua, soprattutto tra gli uomini; e di quanti *se* potrei abusare *io* in questo momento! Andrei in bancarotta, se iniziassi –non lo farò, però: è troppo tardi. In quel momento mi sembrò di affogare nel suo sguardo che aspettava. Per questo guardai altrove. Avrei fatto di tutto, anche lasciare che se ne andasse, pur di non rivelarle le mie colpe.

La udii disperarsi, dentro di sé –*io* potevo: *io* la sentivo. Eppure non feci nulla, e fu questo a spingerla ad alzarsi e a lasciarmi, ormai in lacrime; risoluta a non tornare più, mai più, avendola ferita.

Nel tentativo di nascondermi al mondo, mi coprii il volto con le mani come un bambino: la seguii mentre mi voltava le spalle e andava via il più velocemente possibile, perché incapace di continuare a piangere in silenzio. Non feci nemmeno un gesto per fermarla. Fui codardo. Quando la persi di vista, poi, mi morsi le mani: cosa poteva accadermi di peggio? Al tramontare di quella giornata avevo perso mia madre, la mia ragazza e ogni parola. Pensavo di essermi rovinato la vita: il mio viaggio era appena incominciato.

Come fu per l'universo, tutto iniziò con una voce.

"Giornataccia?" Sentii domandarmi, colto alla sprovvista.

Scocciato, mi alzai per risputare in faccia la domanda a chiunque me l'avesse posta quando, con mio immenso stupore, mi ritrovai davanti la figura paffuta del signor Thompson a coprirmi il tramonto.

Trasalii: era la sua panchina quella su cui mi ero seduto!

Feci immediatamente per alzarmi ma quello mi bloccò, impedendomelo.

"Resta" Mi disse: i suoi occhi nei miei, i miei nei

suoi.

Spiazzato, non osai muovere un muscolo: mi si sedette accanto, in silenzio, mentre restavo immobile perché vinto dall'imbarazzo –io magrolino, trasandato; lui elegante e tondo, come un signore, mentre io ero uno scugnizzo. Era una scena quasi comica. Non so a cosa pensasse infatti, però mi sembrò stanco, avvilito –c'era qualcosa nei suoi modi forzati e nell'abbigliamento che mi dava da pensare non fosse libero, e si sentisse esausto. Era un eroe per me, ma anche gli eroi cercano la pace finita una battaglia: e Thompson padre aveva il volto di chi non voleva più combattere –io soltanto lo vedevo: forse perché come lui ero in guerra, anche se solo. Guardava il parco con un'espressione che non avevo mai visto; paragonabile a quella di un soldato che ritrova casa dopo anni.

"Ti piace?" Mi domandò.

Sgranai gli occhi: voleva davvero che rispondessi? E poi cosa? La mia ex ragazza, il tramonto, quel parco? Tacqui.

"Non puoi parlare o non vuoi parlare?" Mi chiese di rimando, incassando il mio silenzio.

Lo guardai desolato; lui capì. Avevo la gola in rosso.

"Certo…" Sussurrò, annuendo –poi, dopo un po': "Sai,", mi disse: "ero come te da ragazzo –spiccicato".

Lì per lì pensai a una somiglianza anatomica ma no, si riferiva a qualcosa di più trascendentale: inestimabile, tanto era perso nell'iperuranio delle sue fantasie –a qualcosa di simile alla fantasia stessa, si riferiva.

"Sognavo sempre ad occhi aperti, come te".

Come lo sapesse non lo capii mai ma penso fu il mio stupore a dargliene conferma –per questo aggiunse:

"Tale e quale; al punto da perdere il contatto con la

realtà –lo sai anche te: è l'unico modo, no? L'unico per sopravvivere nel ghetto. Sbaglio?".

Pendevo dalle sue labbra; e naturalmente non sbagliava. Dovevo essere più espressivo di quanto pensassi –rise e disse:

"Vedi? Per forza è così; non ci danno alternative. Ci obbligano alla fantasia dopo averci derubato della realtà, e se osiamo troppo con l'immaginazione ci tolgono anche quella; e questa, amico mio, è solo un'altra forma di schiavitù. Guarda me: circondato da amici che fanno a botte per le mie battute, ma che poi nemmeno ridono, per non ridarmi nulla. Senza parlare di mio figlio! Non controllo nemmeno la mia stessa lotteria...".

Sul mio volto si leggeva un doppio dispiacere: quello di non poter partecipare a una conversazione tanto interessante -forse la più interessante alla quale avessi mai assistito; anche se una delle poche- e quello di sapere Thompson padre tanto triste; re senza un regno, nell'indifferenza del suo popolo. Restammo sulle nostre per qualche minuto: il parco di Pneumonia non era tanto male. L'avevo sempre detestato per il degrado, la puzza e il silenzio che ti faceva venire i brividi se lo pensavi associato a una natura taciturna quindi repressa; eppure, seduto su quella panchina, sulla panchina di Thompson, si coglieva un panorama inaccessibile da altri punti, solo suo; con gli alberi che si aprivano a sipario per mostrare il tramonto che si tuffava nelle strade, nei palazzi e nelle ciminiere dell'acciaieria; alberi a loro volta, ma di natura differente. Alle gole profonde delle colline sarebbe risultato indifferente quel panorama: al contrario, per me rappresentava quanto di più stimolante potessi trova-

re; quanto di più eloquente e reale *St.* avesse da offrire
–e quando Thompson capì che, alienato, avevo colto
anch'io la stessa inalienabile verità, mi disse:

"Non mi hai risposto: ti piace?".

La prima volta avevo creduto si riferisse al parco o
allo scorcio ma no, aveva inteso di più, molto di più
di quanto con il loro significato le sue parole avessero
trasmesso –e questo è il segreto del successo, immagino. La sua era stata una domanda sinottica che abbrac-
ciava l'infinito, tra cui mia madre, per la cui fiducia
avrei dovuto lottare; la mia ragazza, che non potevo
perdere così passivamente; mio padre e poi il vecchio
Bill e Donnie e tutti gli altri volti senza nome e i nomi
senza voce di Speechlesstown, rinchiusi in un cassetto
assieme ai propri sogni. Nascosti alla bellezza che eppure si mostrava a tutti; arresi davanti a una speranza
che, certo, tramontava, ma che sarebbe sorta, sorta di
nuovo –e allora:

"È bellissimo", risposi.

Avrei combattuto assieme a lui.

"Bravo ragazzo," Mi disse soddisfatto: "non di-
menticarlo mai".

Annuii con gli occhi e tornai al tramonto invernale,
che è il più bello tra tutti tramonti.

Solo a quel punto ci ricordammo di non esserci pre-
sentati: non che a me servisse, ma Thompson volle sapere il mio nome per stringermi la mano –la ricordo
fredda; molto fragile. Subito fece per alzarsi –provai a
aiutarlo ma disse:

"Non serve", ridendo e facendo sorridere anche
me.

Nessuno mi aveva mai detto tanto in vita mia e,
cosa più importante, nessuno mi aveva mai dato tan-

to, facendomi capire quanto lui.

"Devo andare:" Aggiunse dispiaciuto: "c'è un evento importante questa sera, ma lo saprai".

Annuii.

"Partecipi?" Mi domandò; e quando seppe che non lo facevo: "Tieni, prendine uno", disse porgendomi un biglietto dorato che teneva nel taschino del panciotto.

Tentato, lo fissai a lungo. Dovevo sembrare un bambino che non sa se sia il caso di accettare una caramella da uno sconosciuto! Desideravo fortemente quel biglietto: mi veniva offerta una speranza tangibile, una possibilità concreta per realizzare il mio sogno e le ambizioni; per rimediare a tutti gli errori che avevo commesso in quella giornata e che sicuramente avrei continuato a fare. Proprio per questo, però, rifiutai.

"Sicuro?" Mi domandò: "Alla fortuna non si chiudono le orecchie".

Sorrisi e feci con la testa per ringraziarlo ma no, non ne avevo più bisogno –forse avevo nuove ambizioni; forse Thompson mi aveva aiutato a trovare un nuovo sogno. Cercai di farglielo capire e penso che alla fine mi comprese perché tornò a assumere quell'espressione enigmatica che gli avevo visto in volto subito dopo essersi seduto. Mi disse:

"Sei tale e quale a me, ragazzo: farai strada"; poi non aggiunse altro, e se ne andò.

Restai scombussolato non so quanto, disorientato dagli eventi: quando mi ripresi, di Thompson padre non c'era traccia, e era notte –della mia giovinezza ricordo soprattutto *quel* buio.

Il primo impulso che provai fu mettermi in moto, camminare, elaborare: lo feci a testa alta perché povertà e mutismo non sarebbero riusciti a togliere neanche a me la dignità.

Non rincasai: preferii svoltare su Glossitis Street guardando attentamente ogni cosa ma lasciandomi, al tempo stesso, scivolar tutto di dosso. Perché imboccai proprio quella strada non so dirvi, eppure la risalii a passo fiero quasi sino ai cancelli della *T.a.* –non incontrai anima viva, ma me lo aspettavo: erano tutti a aspettare i risultati dell'estrazione; e poiché nessuno aveva un televisore, si pregava nei locali o nelle case di chi avesse almeno un baracchino. Tutto ciò mi fece sentire solo, sulle prime, ma al tempo stesso anche vicino agli altri: era la speranza a guidarli, spingendoli a quel tentativo disperato per realizzare fantasie non diverse da quelle che avevo costruito anch'*io*, illudendomi; portandoli a rinunce non meno dolorose di quelle che anch'*io* avevo fatto, sbagliando –ma la speranza non si doma; non si può cavalcare, non si può addomesticare: è selvaggia! Vive per ricordarci di osare; di dire di più e di ambire a opinioni più alte, più nostre. Per l'ennesima volta da quando il *Quindici Milioni Di Parole* era gestito da Thompson figlio, il giorno seguente si venne a sapere che nessuno aveva vinto: il biglietto vincente non era stato venduto, anche se *io* sapevo che erano stati venduti tutti. Comunque, nessuno lo scoprì mai. Tanto l'anno sarebbe volato e la speranza sarebbe tornata nuovamente alla carica.

Anche per me l'aver perso tutto rappresentava la ragione per la quale non avevo perso la speranza: ricordo come quella notte mi dissi, a denti stretti, fiducioso per la prima volta nel domani che ce l'avrei fatta; che non sarei stato in silenzio per sempre ma che avrai riversato oceani di parole, un giorno; che sarei diventato uno scrittore, dando forma al mio cuore e al cuore di tutti gli abitanti di Speechlesstown.

Non avevo fondi, o una cultura, eppure per qualcuno ero già ricco; eppure qualcosa d'importante portava già il mio nome. La rilessi di nuovo, capitando-
ci davanti guidato, come sempre, dalla lungimirante
speranza, che con la voce di mia madre mi gridava: *tu
vali più di quindici milioni di parole!*

E allora piansi: piansi le parole che non avevo mai
avuto modo di dire e quelle che non avevo avuto il
coraggio di urlare; piansi il dolore, le angosce, le colpe;
le lacrime che tutti gli altri non potevano permettersi
di versare e i versi meravigliosi che avrebbero voluto
scrivere –piansi mia madre, mio padre, la mia ragazza;
piansi il signor Thompson e la sua lotteria; piansi me
stesso, riverso in quella scritta: e piansi di gioia poi,
sussurrando parole taciute.

Seconda Parte

1.

La morte imprevedibile di Thompson padre generò un prevedibile scompiglio per il ghetto.

Sopraggiunse improvvisa in primavera, ricordo: proprio quando la vita dovrebbe germogliare e la speranza risorgere –e forse fu così per davvero, solo non per lui.

Venni a conoscenza della notizia in maniera inaspettata –rispetto alle vostre usanze, la morte è diversa a Speechlesstown: quasi non avviene. Altrove nel mio paese infatti -per le colline tutto ciò è ampliato, ma ci arriveremo-, la scomparsa di una persona cara è annunciata da un necrologio tanto lungo quanto stimato era il defunto. E così, in genere, il silenzio forzato di una persona eloquente finisce per essere urlato come:

> *Questa notte spirò l'amato* Tizio, *in pace;*

mentre quello di un ubriacone violento, di un uomo solo o un familiare disprezzato fiata laconico ed ermetico, sussurrando appena:

> Tizio *è morto,*

a volte in forma nominale, senza verbo, per risparmiare. Poi i necrologi vengono affissi per tante strade
quanta è la disponibilità (e la volontà) della famiglia di
spendere la voce, attaccandone agli angoli delle strade principali uno o anche dieci copie nel caso di un
trapasso sofferto. Tutto ciò però nel mio quartiere non
poteva accadere: a *St.* il più delle volte non ci rendeva-
mo conto del silenzio eterno di qualcuno, essendone
abituati; anzi, poteva capitare non sapessimo che la
persona appena morta fosse mai nata! La cosa aveva
i suoi vantaggi: soffrivamo meno. Continuavamo sui
nostri binari sino a che un giorno, saltata una stazio-
ne, mancavamo la corrispondenza: allora capivamo, e
non dicevamo niente –non piangevamo nemmeno, sia
che ci andasse di farlo sia che non ci andasse per indifferenza. Tiravamo dritti, e questo bastava a andare
avanti. Non ci conoscevamo: non potevamo; e perciò
in un certo senso era come se non morissimo ma solo
perché non avevamo mai vissuto.

Anche sulle colline non si moriva mai, ma per motivi differenti: a Blabbermouth Hills le gesta e gli amori
di un individuo riecheggiavano per decenni dopo la
sua morte perché esistevano agenzie private impegna-
te in questo compito esclusivo; dedite su commissione alla trasmissione verbale e scritta della memoria
attraverso periodiche ristampe di necrologi, scenate
di strilloni pagati per piangere e strapparsi i capelli, e persino il riproporsi di parate commemorative e
veglie funebri; tutte cose che, in verità, non facevano
che confondere le idee visto che non si capiva mai
quando una persona fosse spirata, se quella settimana o cinquant'anni prima. Per evitare la confusione, in
moltissimi -per lo più anziani- spendevano le proprie

giornate e i discorsi per informarsi sulle ultimissime novità in ambito mortuario –avvoltoi di notizie che vidi spesso a Blabbermouth ma mai, eccetto quel giorno, a Speechlesstown.

Era un'attività vantaggiosa, in realtà: di una fondamentale utilità sociale, perché garante di quella trasmissione mnemonica che altrimenti il silenzio degli eventi avrebbe dissolto nell'indifferenza; per fare economia. Questi necrofagi infatti danno indicazioni su come spendere la tristezza, in base al tempo trascorso e alla reputazione. Il tutto, ancora una volta, al giusto prezzo. Naturalmente, a volte lavorano per le agenzie di compianto pagate per esagerare i lutti: ma non accade per tutto? Ovunque c'è l'uomo c'è corruzione, essendo la corruzione l'ombra dell'uomo.

Nessuno del ghetto veniva mai rimpianto: è la povertà a non permettere ai poveri di fare la storia, non altro. A Speechlesstown lo sapevamo: sapevamo di non poter vivere oltre il tempo che il tempo ci aveva messo a disposizione per consumarci –eppure c'era questa illusione, questa grande fantasia di massa; un sogno: l'immortalità; vista come persistenza del nome, eco delle proprie gesta. Qualcosa su cui ognuno doveva aver fantasticato almeno una volta; non per arricchirsi ma dimostrare il proprio valore, essendo il valore il vero scopo dell'economia, e perciò della narrazione, che è memoria.

Tutto ciò avrebbe dovuto colmare un vuoto, e magari a alcuni poteva anche servire –davanti alla minaccia del silenzio, Blabbermouth rispondeva con più chiasso, più rumore; e se *St.* non lo faceva era solo perché non sentiva quel bisogno: tutto era vuoto e tutto era buio. La morte ci passava accanto vestita di silenzio, e era nostra amica. Ricordare non era usanza: in parte perché mancavano i mezzi, ma soprattutto perché mancava l'interesse. Persone interessanti attirano interesse, individui neutri, grigi quali noi tutti eravamo -o sembravamo-, non lasciano che indifferenza –e insofferenza, nel relazionarcisi. Che fossimo così grigi oggi non lo penso: era l'ignoranza a parlare per noi; per me –non sapevo, ad esempio, che la mia dirimpettaia Lucy fosse una pittrice di talento: credo che con lo sguardo mi invitasse ogni giorno a vedere i suoi lavori, quando mi incontrava sul pianerottolo. *Io* però fraintendevo, e la evitavo. Oggi però so. Che caleidoscopi di colori! La sua arte gridava –urlava se stessa al mondo! Lucy era una bravissima pittrice, eppure non vendette un solo quadro in vita sua: immagino unicamente perché non ne parlasse.

Con possibilità economiche chiunque sarebbe apparso intrigante e chiunque sarebbe divenuto oggetto dei nostri intrighi –vivo o morto che fosse. Non fraintendete: eravamo curiosissimi! Lo eravamo visceralmente, come bambini che vedono la natura per la prima volta; con la differenza che a noi il fitto mistero del mondo era sbattuto quotidianamente in faccia senza possibilità di discostarlo: e a questo reagivamo come la vostra volpe fa con l'uva, fingendo di non esserne interessati, o feriti affatto.

Un uomo -uno solo- riuscì a accenderci tutti con la sua morte: Thompson padre.

2.

Erano passati mesi dal nostro incontro a Pneumonia Park ma quell'epifania sconvolgente continuava a
riecheggiarmi dentro nonostante i problemi attorno a
me si facessero sempre più concreti: crescere significa
questo. Non facevo che pensare al sostentamento mio
e di mia madre, al lavoro, alle spese: quel nostro incontro fu una benedizione perché coi suoi consigli ripagai
parte dei debiti. Anche se ammetto che avrei voluto
trattenerli dentro me. Naturalmente la cosa non interessava a mia madre, che non sapeva né di Thompson
padre né delle parole regalatemi, dato che le avevo tenuto nascosto di quel giorno, convinto non ne sarebbe
stata felice. Vivevamo da separati, e questo non faceva
che accrescere in me il desiderio di scrivere, di dare
forma a quelle fantasie per sfuggire a tutta la violenza
che mi circondava.

Ero spaccato in due, e ogni giornata mi sembrava
insostenibile: vuoi alla *T.a.* vuoi a casa, non vivevo un
istante di svago. In più, mi sentivo perso: perso in me
stesso; perso nelle situazioni che in una sola giornata
mi avevano travolto e le cui conseguenze ancora paga-
vo; perso nel desiderio di scrivere e perso, più che in
tutto il resto, nel desiderio di quelle parole così pesanti

ma leggere.

Non avevo alcun tipo di relazione con mia madre. Dalla notte stessa in cui rientrai scrittore, mai una volta ci guardammo negli occhi e mai una volta condividemmo qualcosa. Quei silenzi pieni di parole si erano svuotati di emozioni, facendosi atoni e afoni. Probabilmente era così per tutti, eppure mi pesava stare a casa, con quell'aria pesante. Presi l'abitudine di fare lunghe passeggiate per Speechlesstown; osservando la vita e la morte nel loro connubio naturale: il ghetto. Si rivelò utilissimo, perché mi diede modo di studiare in profondità quello che mi circondava, trasformandolo più avanti nel mio lavoro. Da naturale inclinazione divenne quasi una missione.

Pensare al quartiere e alle sue illusioni mi fu di formazione. Tra tutte, illusione suprema era *lei*, che aspettavo sino a notte inoltrata sulla panchina di Thompson inutilmente. Ogni giorno. Speranso.

Anche per questo a lavoro ero un fantasma! Arrivavo assonnato, sbattuto, svogliato. Credevo sarei stato licenziato da un momento all'altro, visto quanto ero diventato improduttivo. Ovviamente, non abbiamo sindacati, qui; quindi licenziarmi in tronco e senza causa non sarebbe stato un gran problema. Non che potessi dar loro tutti i torti, ma comunque sgobbavo a testa bassa e per l'età che avevo il mio lo facevo, anche se non come avrebbero voluto quelli. In posti come *St.* sei solo un numero senza neanche un nome: una ruota dentata tra le infinite altre ruote dell'ingranaggio. Tutto qui. Una ruota dentata che vive e che muore nell'operazione che adempie, e che se nasce difettosa non può far altro che continuare a girare, e girare, e girare, se non vuole essere gettata.

Non ho mai saputo di ingranaggi innamorati, o con dei sogni: e voi?

Mi piace pensare che se rimasi al mio posto il merito fu del signor Thompson. Nei mesi a seguire vegliò su di me. Eppure vivendo in quel modo tradivo la promessa che gli avevo fatto. Senza mia madre e senza gli occhi di mare, vivevo una costante bonaccia; barcamenandomi tra una giornata e l'altra e tra un silenzio e l'altro; fremente di salpare ma terrorizzato all'idea di prendere il largo –più o meno come ogni altra persona a Speechlesstown, in verità; cosa che non volevo più. Poi tutto cambiò.

Irruppe come un fulmine a ciel sereno –o più inaspettato, dato che anche i tuoni passano in silenzio a Speechlesstown. Era un frastuono sconosciuto: fuori luogo, come l'illusione di salute che alcuni malati conoscono in sogni che poi il risveglio infrange. Non avevo mai provato nulla di simile: mi sentii gioioso ma triste; fremente ma in lutto –vivissimo! Non conoscevo la musica, e la ascoltai per la prima volta quel giorno, mutando del tutto la mia opinione sul mondo. All'improvviso bramavo qualcuno con cui poterla ascoltare: e era così per molti perché fu l'esperienza più intensa di un'intera esistenza –la prima e anche l'ultima. Cos'è la musica? La scoprivo per la primissima volta eppure mi sembrava familiare; come se dentro di me suonasse da prima di ascoltarla. Mi sussurrava cose che non conoscevo sul tempo e sul senso e cose che, invece, Thompson già mi aveva ispirato. E così mi parlò anche di lui; di quanto era accaduto dal nostro ultimo incontro e di quanto sarebbe accaduto dopo quel pomeriggio: lo faceva con la sua voce, emersa alla mente quasi non si fosse mai ritirata.

Non chiedetemi come ma tutto d'un tratto capii e corsi verso la finestra a affacciarmi come centinaia di altre persone cui vidi fare lo stesso dai palazzi come il mio. La vedemmo allora, la musica: aveva la forma di una maestosa parata, festosa e fastosa; certo la cosa più sontuosa che avessi mai visto e che probabilmente vidi mai. Tamburi tremavano, trombe squillavano, archi vibravano: si susseguivano bande su bande mentre araldi gridavano:

"Il più loquace degli uomini è morto!"; e ancora:

"Calerà su tutti il silenzio!"; lanciandoci parole che ci affrettavamo a arraffare, fomentati.

Mia madre raggiunse la finestra senza affrettarsi, nonostante la festa. Mi chiesi se sentisse ciò che sentivo anch'io e se non fosse anche per lei la prima musica quella. Nei suoi occhi feci in tempo a vedere il mio stesso stupore: non c'era, però, coinvolgimento.

A quel punto, da sfarzosi altoparlanti Thompson figlio urlò:

"Mio padre è morto! Mio padre è morto!", facendo morire anche noi.

Temetti di svenire –sgranai gli occhi, sudai freddo: persi una parte di me; e quella sua voce, quelle sue parole (le sole della mia intera esistenza) svanirono insieme a lui e al tempo stesso gridarono più forte che mai; come se, per estremo attaccamento alla via, un'eco di eternità (da sempre evitata, a Speechlesstown per via degli interessi che porta) rotolasse e rimbalzasse nella mia mente tra le pareti di una memoria che mai più l'avrebbe lasciata andar via; mai più l'avrebbe lasciato andar via.

Cercai il sostegno di mia madre: non sapeva, naturalmente, ma m'illusi potesse capirmi. Non lo fece;

anzi, andò via disgustata, tornando ai suoi conti e al suo vuoto.

La folla si comportò in maniera diversa: per le strade tutti si lasciavano andare a moti di dispendiosa disperazione, spendendo quanto avevano ricevuto e forse anche di più. Quello fu il dolore più reale che provarono mai, poiché alla luce del sole.

Dopo l'annuncio sfilarono macchine carnevalesche affiancate da suonatori di tromba e majorette. Quei carri celebravano le imprese di Thompson padre, dalla fondazione della *T.a.* alla costruzione di asili nido: addirittura, uno metteva in scena l'istituzione della lotteria, con tanto di partecipanti illustri sul carro dei vincitori che *io* non riconoscevo perché troppo giovane e gli altri non ricordavano perché troppo vecchi, ci si diceva. Alla fine passò il vecchio Thompson su di una vettura nera che ne trasportava la salma: accanto a lui il figlio e quei suoi amici di cui mi aveva parlato, stretti alla folla più che al lutto.

Fu uno spettacolo meraviglioso! Uno stravagante carnevale tardivo: forse il primo a calcare l'asfalto rovinato (appositamente) di Glossitis Street. E quando pensai che nulla di più grandioso si sarebbe più visto e nulla di più sfarzoso mai udito, dal cielo iniziarono a cadere biglietti di una lotteria speciale indetta appositamente per la morte di Thompson, e che come montepremi metteva in palio non quindici ma ventitré milioni di parole: una follia! Tutti gridarono, correndo per strada: dilagò l'isterismo e mentre la parata funebre entrava nel vivo, tutti dissiparono i propri polmoni per arraffare quelle speranze di carta, illusorie e derisorie.

Non mi andava di unirmi alla farsa: lo feci soltanto

perché vidi *lei* scendere, presa in giro come gli altri –
scesi solo per questo e non dissi nulla a mia madre, che
comunque era assente. Pensò fossi identico gli altri, e
questo mi fece star male.

Corsi in strada, inseguendola –dovevo fermarla,
volevo pregarla: con quali parole non sapevo ma sarei
stato eloquente con gli occhi, mi dissi. Volevo ricor-
darle quella nostra promessa di andarcene insieme; e
sulle prime ebbi l'impressione si fosse fermata a aspettarmi: non era così. L'aveva paralizzata il vedermi, ma
non come accade a chi non sa come esprimere gioia
quanto, piuttosto, come chi è rotto dal dolore –quando
si riebbe, fuggì tra la ressa. Fu allora che la persi per
sempre.

Il trambusto proseguì tutta la sera, la notte e la mattina seguente: non si faceva che parlarne –davvero! A
sedare i clamori ci pensarono le agenzie di riscossione
crediti: famiglie intere finirono sul lastrico, per quello
scherzo. Una morte, insomma, che costò a molti la vita.
Occorse poi una settimana per tornare alla normalità;
intanto si tennero innumerevoli minuti di silenzio, un
funerale privato e poi uno pubblico a cui partecipam-
mo tutti eccetto mia madre.

Alla normalità comunque *io* non ritornai più.

3.

Vennero a cercarmi a lavoro.

Non ci capii nulla, sulle prime. Lui era un omaccione sulla quarantina, lei una ragazza giovanissima, più o meno della mia età; entrambi distinti, con abito nero pece lui e tailleur nero pace lei; neri i capelli e pure gli occhi, impenetrabili, privi di profondità; mentre i volti erano pallidi: trasparenti, al contrario dalle loro intenzioni. Mentre spalavo la ghisa mi chiamarono per nome, due volte. Chi ero per meritare tanta attenzione? Feci per stringere loro la mano ma vedendomela sporca la ritirarono schifati, mortificandomi – chiesi scusa con gli occhi, ma non parvero udirmi. Mi invitarono semplicemente a seguirli e *io*, non potendo obiettare, lo feci.

Al termine di un breve tragitto tra i cunicoli dell'acciaieria, venni condotto presso un container adibito ad ufficio e lì:

"Prego", mi dissero, aprendomi la porta e facendomi passare con professionalità.

Ero sbalordito; quasi intimorito! Nessuno mi aveva mai trattato in quel modo.

Lasciatemi spendere qualche parola per quel posto: a terra era stesa una moquette bella solo all'acquisto, prima bianca ora lercia; alle pareti invece, nascondendo il colore del metallo, era stata appesa una carta da parati scolorita, a trame nebulose; squarciata da due condizionatori che alzavano un vento freddissimo nonostante la giornata non fosse calda a tal punto. Sul fondo, spiccava una scrivania che sembrava robusta ma in realtà traballava. In sostanza, tutto era ciò che non era.

Solo allora mi resi conto di trovarmi nello studio notarile della *T.a.*, sebbene non ne capissi la ragione. Volevano forse licenziarmi? Su delle sedie disposte davanti alla scrivania, una decina di individui attendevano; vestiti elegantemente su gradazioni di nero. Ero confuso, ma notai che lo eravamo un po' tutti. Gli altri non sembravano avere la più pallida idea del perché fossi lì, e per questo non smisero un istante di fissarmi. Il peggiore fu Thompson –Thompson figlio, naturalmente; il quale, dopo avermi studiato nel tentativo di riconoscermi, ebbe un gesto altezzoso nei confronti del notaio Farrell; al quale domandò, sbottando:

"Che vuole questo operaio?", con tono di disprezzo.

Il notaio Farrell sembrava un uomo tutto d'un pezzo ma era solo apparenza, come il suo studio: con modi tendenti all'isterismo, era incapace di trasmettere sicurezza; e nonostante fosse preparatissimo, si bloccava spesso e sudava nervoso. Sembrava consumato da qualcosa di invisibile che lo portasse all'impazienza: era un ometto nevrotico; praticamente tutto vento, e in cuore covava tempesta. Infatti, a quello che percepì come un attacco del suo datore di lavoro reagì senza alcun autocontrollo; agitandosi e invitando tutti a prender posto, nonostante fossi *io* l'unico in piedi.

Non sapendo dove andare, mi nascosi in un angolo del container sul fondo. Anche lì gli occhi di tutti mi seguirono stizziti.

Preso in mano un inestimabile fascicolo, con un filo di voce il notaio Farrell disse:

"Renderò ai dotti le ultime volontà del nostro amato collega, amico e padre; venuto tristemente a mancare con molto ancora da dire in data…".

Senza preavviso Thompson lo interruppe.

"Carissimi," Proruppe alzandosi in piedi per attirare su di sé l'attenzione: "vi ringrazio della vostra presenza. Come saprete, mio padre ha sempre tenuto alla compagnia dei suoi amici, e sono certo che darebbe tutto pur di potervi salutare di nuovo".

Mi lasciai scappare un risolino, ricevendo diverse occhiatacce.

"In sua memoria," Riprese il figlio: "onoriamo un minuto di silenzio".

A quel punto abbassammo la testa tenendo le mani giunte. Lo feci anch'io, ma senza darmi il tempo di chinare il capo Thompson risollevò il suo e gli altri lo stesso.

Quel sacrificio non durò che due secondi.

"Grazie a tutti" Concluse commosso; poi si udirono fischi e applausi commemorativi e solo a quel punto, finalmente, nel container ritornò il silenzio.

Avendo perso il filo del discorso, il notaio Farrell ricominciò d'accapo usando le stesse parole –rimasi allibito: non avevo mai sentito un simile spreco! E tutto solamente per dare lettura del testamento di Thompson.

Nel mio paese la pratica del testamento nacque per ragioni simili alle vostre. Per suo capriccio, l'uomo detesta l'idea che l'atmosfera goda di quanto è riuscito a sottrarvi; e poiché con l'ultimo respiro le parole passano allo stato -che le acquisisce insieme ai gas di cui il corpo si libera-, divenne usanza redigere un documento da spartire tra gli eredi alla lettura. Nacquero così i notai, la successione testamentaria e le dispute: tentativi vani con cui trattenere quanto prima o poi dovrà sfuggirci. Ricordo ancora il testamento di mio padre: un foglio bianco lettomi in silenzio, che fui costretto anche a pagare.

Farrell riprese.

"Con la suddetta, redatta nel pieno delle mie capacità, io, M Thompson, dispongo che…".

Allora veniva davvero da Speechlesstown, pensai!

Si lessero e dissero molte cose: la maggior parte delle quali nemmeno afferrai, non essendomi rivolte. Notai curiosamente, in ogni caso, come tutte le spartizioni furono ritenute ingiuste, avendo ricevuto poco mentre gli altri troppo. Dopo ore di litigi metà dei presenti ritrovò dimezzati i propri lasciti, avendoli sprecati per lamentarsene. Si diceva:

"Io ho passato più tempo con lui!", o:

"Non lo portavi mai alle visite, toccava sempre a me", come se parlare con quell'uomo fosse stato un lavoro per loro, e non come per me un piacere.

Che c'entravo in tutto quello? Rimasi escluso a lungo dal trambusto ma all'improvviso trasalii. Tacque persino il mio cuore, quando venni nominato assieme a Thompson figlio verso la fine della lettura.

Mi guardai attorno: si era alzato un vocio, e tutti si erano voltati a guardarmi.

"Chi è?" Chiedeva qualcuno –pensai a un errore, e così attesi il mio turno mentre al costo di un capitale veniva data lettura dell'eredità che Thompson aveva lasciato al figlio.

Al giovane non tornavano i conti dato che, secondo i suoi calcoli, in eredità non gli era stato riconosciuto più che un terzo del patrimonio paterno in liquidità, oltre agli immobili e alla proprietà della *T.a.*; tutte cose alle quali non parve prestar molta attenzione, visto che le aveva e che perciò non le voleva più.

Il notaio Farrell però non sbagliava, perché quanto mancava non era sparito: semplicemente, Thompson lo aveva lasciato a me. Ero diventato improvvisamente ricco.

4.

Non so come feci a non svenire. Attorno a me si gridava all'orrore e in molti finsero un malore, certi che fossi un truffatore; non trovando possibile che fossi proprio *io*, *io* l'erede della fortuna di Thompson padre.

Per diversi minuti persi la cognizione dello spazio: non sapevo dove fossi! Ero all'interno di una bolla che non mi faceva sentire praticamente nulla –non la solita bolla di apatia ma sovrapatia, avendo provato troppe emozioni tutte assieme, come *lei* nella parata nel vedermi.

Ero ricco: avevo finalmente una voce; ma perché?

Lì per lì riuscii a mala pena a riavermi, sedendomi. Non mi chiesi nemmeno da dove fosse saltata fuori la sedia! Me la ritrovai semplicemente sotto al culo; circondato da sconosciuti che suonandomi un'impietosa sviolinata iniziarono a domandarmi come stessi, se avessi bisogno di aiuto medico e così via; cercando di farmi parlare quali gli opportunisti che erano. Ma ero stato avvisato. Le mie parole erano per loro una risorsa da consumare, e in questo la più insistente fu l'assistente del notaio; la quale mi prese le mani per baciarle, sporcandosi la bocca nonostante poco prima le avesse rifiutate… Perché tutto quello? Non aveva senso. Thompson padre era pazzo?

Incredibilmente, venne da me anche Thompson figlio, gridando agli altri di darmi aria, aria. Ripeteva spesso le cose. S'inginocchiò ai miei piedi e dandomi una pacca sulla spalla mi domandò come stessi e poi mi disse:

"Chiamami fratello", nascondendo per lingua un coltello –io non risposi: non ne ero ancora capace e, soprattutto, non me ne capacitavo per nulla.

Mi disse una valanga di cose, forse per invogliarmi a parlare: con eccessiva confidenza, così, mi raccontò del suo rapporto tribolato col padre, mi descrisse le pressioni del ruolo, mi consigliò posti carini in cui dovevo cenare e mi confessò la sua paura del silenzio eterno. Il padre era amato da tutti nel ghetto ma con lui era stato sempre burbero e distaccato, mi disse. Non ci credevo. In suo onore, mi spiegò, avrebbe ripetuto la parata una volta l'anno –e così fu e tutt'oggi è, costituendo l'evento clou dell'intera vita mondana di Speechlesstown e segnando la morte dell'inverno e l'arrivo della primavera. Penso che sapesse già quanto male avrebbe fatto al ghetto: i dittatori più longevi sono quelli che si fanno amare; e che organizzano parate alla luce del sole mentre fanno sparire nel buio chiunque si opponga. Sul momento, comunque, non potei fare a meno di pensare che quelle parole me le avesse confessate il vero Thompson: l'uomo oltre le parole –non so. A essere onesti, per ciò che ha fatto non credo meriti il beneficio del dubbio. I mostri sono persone, è vero, ma scegliendo di esserlo rinunciano a essere compatite come tali. Mi sembra il minimo, no?

A un tratto, saltando pindaricamente come il viziato che era, iniziò a consigliarmi interessantissimi stock verbali la cui validità era garantita da un suo caro amico che, mi assicurò, aveva studiato assieme a lui alla *Piffler University* e di cui si fidava ciecamente. Non si sarebbe fatto problemi a fungere da emissario per mettermi in contatto nel caso avessi voluto affidare lui quell'eredità che sentiva anche un po' sua.

"A proposito, come conoscevi mio padre?".

Tornai a sudare freddo: non mi sembrava il caso di dar via quanto non avevo ancora ricevuto, perciò presi tempo, guardando altrove –nemmeno risposi alla domanda, perché sembrava inverosimile anche a me che il vecchio Thompson avesse deciso di lasciarmi tante parole dopo un incontro casuale. Probabilmente, lo aveva fatto solamente per non lasciare che il figlio ereditasse tutto e ampliasse quello scempio che era il *Quindici Milioni Di Parole*. Per questo, tacqui.

Forse mi lesse la mente, T. figlio: quell'eccessiva reticenza lo offese, e si alzò di scatto incominciando a gridare e scalciare. Ci mancò poco che mi saltasse addosso! Rimasi immobile, sbalordito.

"Sei un truffatore!" Prese a gridare, due volte: "Mi riprenderò tutto! Tutto!", uscendo teatralmente e promettendomi ritorsioni legali per circonvenzione di incapace, essendomi approfittato di un pazzo.

Poi uscì, e sparì dalla mia vita per dieci anni.

Delinearvi un ulteriore quadro del mio scompiglio interiore non aggiungerebbe nulla a questa storia e gioverebbe solamente agli editori –vi basti sapere che quella mia sovrapatia (aggravata dal tentativo di aggressione) mi estraniò del tutto dalla realtà e che perciò quanto accadde subito dopo non lo riesco a mettere a fuoco. Ricordo solo una vettura rumorosa, una corsa per le strade –forse dell'alcol, per festeggiare. Non ho la più pallida idea di chi fossero le persone con me: amici di Thompson? Ero troppo stanco per pensarci. O per parlare. Meno dici, più la gente ti sta a sentire. Sembravo quindi un uomo d'affari: non ringraziavo nessuno, né ridevo, o mi esprimevo in alcun modo. Forse è per questo che ricevetti mille complimenti: perché volevano che li ringraziassi.

Mi ero quasi persuaso fossero veramente gentili: quando però mi riaccompagnarono a casa, attraversando la strada sentii sulla schiena tutti i loro commenti affilati:

"Guardate dove vive", dicevano; oppure:

"È un truffatore", o:

"Non sa parlare, il poveraccio", ripartendo nel chiasso col rumore del motore a coprire il suono della mia vergogna.

Mi avviai verso casa nell'oscurità più fitta. Ci aveva tenuto così tanto quel viscido di Farrell a spiegarmi come avremmo fatto con la nostra eredità, che alla fine la giornata era volata, e la notte scesa. *Avremmo*, diceva, perché era fermamente intenzionato a gestire lui i miei discorsi –non che ne avesse il diritto; *io* però non lo sapevo, e lo lasciai fare. Perché dicesse *nostra*, poi, non lo so, ma non controbattei, onde sprecarla: già dovevo dividerla!

Non entrai subito: restai sospeso –mia madre mi stava aspettando; preoccupata, sicuramente. Ancora una volta però sentivo il bisogno di rimuginare sugli eventi e così decisi di non rincasare subito ma di tornare lì dove tutto era iniziato.

A Pneumonia Park mi sedetti sulla panchina di Thompson: lì cercai di razionalizzare l'accaduto ma non trovai risposta a nessuna mia domanda. Possibile

avesse creduto fossi migliore di quanto ero in realtà?
Dio loquace, ero un ragazzo; uno qualunque del ghetto senza educazione o talenti. Praticamente non avevo neanche un nome: ed ero analfabeta, per giunta.
Era una prova? Arrivati a quel punto non mi avrebbe
stupito più nulla. Forse voleva rifiutassi un'altra volta,
ma come potevo? Non si parlava più di quindici milioni ma di abbastanza parole per poter dire la mia e
quella degli altri per una vita intera!

Il che poteva essere un problema.

Con quel pensiero prese forma nella mia testa una
nuova paranoia: iniziai a guardarmi intorno, sentendo
dei passi tra i cespugli. Ebbi paura: avrei potuto dire
tanto –troppo, su Speechlesstown, e a Thompson di
sicuro non piaceva questa cosa. Ero l'unico a sapere
che la lotteria era una truffa…

Lestissimo, ripercorsi G correndo verso casa: mani
invisibili mi afferravano a ogni svolta per strapparmi
via la lingua. Fu terribile! Trovai mia madre addor-
mentata su quel divano che usava come letto –quella
visione rassicurante mi rincuorò: la guardai sorridendo, e la svegliò il mio sorriso.

Mi lanciò uno sguardo di cocci infranti, nel voltarsi.
Eravamo entrambi spaventati, anche se per motivi differenti: lei era arrabbiata, naturalmente, ma sul fondo
di quell'anima a pezzi lessi sollievo. Non mi avrebbe
chiesto però dove fossi stato, né perché avessi fatto
così tardi. Avrebbe taciuto, pur avendo mille cose da
dire.

La mia decisione la presi allora, nel vederla riad-
dormentarsi scomodamente su quel divano troppo
piccolo per lei.

"Buonanotte" Le dissi, anche se non mi sentii.

Nemmeno quando me ne andai.

5.

Onestamente, non so dirvi a che pensai. Non ricordo cosa mi disse la testa: nulla, probabilmente.

Me ne andai quella notte stessa, senza nemmeno salutarla; e con le guance gonfie di parole al mattino ero pronto a voltare pagina: felice, finalmente. E quando si è giovani, la felicità ha sempre l'aspetto delle cose che ci mancano.

A Blabbermouth non trovai nessuna difficoltà a ambientarmi. Comprai immediatamente casa: lo feci il giorno stesso. All'inizio, l'agente immobiliare cercò di appiopparmi un rudere a West Wuthering. Da poco scappato di casa e con indosso i miei vecchi vestiti, fu già tanto che mi rivolse la parola. Quando però ebbi messo le frasi in chiaro, eccome se spalancò le orecchie! Da questo punto di vista siete fortunati: non è mai dalle cose che dite che dipende il rispetto che ricevete. Ho sentito di professori, politici e scrittori che ce l'hanno fatta senza saper parlare. Qui non è possibile. Prima di incominciare a agire, quella mi volle sentire.

Nessun attico, nessuna villa. Spaventato dalle minacce di Thompson, mantenni un profilo basso e così bloccai un appartamento nel centro di Blabbermouth che trovai perfetto per me: si trovava in quella zona

che attraversa come un'insenatura Windbag Place e
North Newsmonger, separandole per culminare nelle
Hills –e così, a meno di trecento metri avevo sotto casa
un supermercato, alcune scuole e un'infinità di locali e
di negozi: per non parlare dei lampioni accesi! Non si
vedevano le stelle per quanta luce c'era, e mi sembrò
bellissimo. Le sole stelle erano quelle che passeggia-
vano con disinvoltura per le strade, e *io* ero a un passo
da loro e questo mi sembrava emozionante! Non ne
conoscevo la maggior parte, ma avevo voglia di parlare con tutti.

Non vedevo l'ora di scoprire cosa ne avrebbero
pensato *lei* e mia madre: avevo inviato una lettera a
entrambe, per spiegare loro la mia scelta. Sicuramente
non era scritta bene, ma c'era abbastanza per farle partire. Ero sicuro mi avrebbero raggiunto: dovevo solo
aspettare.

Che idiota.

L'appartamento aveva tutte le comodità del caso;
poi era arioso, al contrario di quello vecchio a *St.* in
cui non passava un filo d'aria. Godeva di una vista
mozzafiato, con il paesaggio delle Windy Mountains
(o Windy e basta; o *Wi*, dalle mie parti) che ad est di
Deafen e Jargon squarciavano la città dividendola in
due sezioni speculari immense; molto più grandi di
Speechlesstown che al confronto -e me ne accorsi per
la prima volta in quel momento- era un mondo piccolo; non solo geograficamente.

Mentre mi mostrava la casa, l'agente immobiliare
mi rivelò che secoli fa l'uomo sfruttava i fiumi per il
commercio: solo Blabbermouth fece eccezione. Pre-
ferendo al commercio via mare quello via vento, mi
spiegò, la nostra capitale nacque alle pendici di quella

piccola catena montuosa; sui fianchi della quale vennero fondati due insediamenti: Snuffle Pick e Jargon, separati dalle vette. Prosperando grazie alle forti raffiche di vento, si espansero verso direzioni opposte, conferendo alla città la sua caratteristica forma polmonare: verso oriente l'East Lung, pieno di campagne e zone residenziali, con Jargon East, South Newsmonger, North Newsmonger e, in cima alle colline in cui la catena sfuma, Blabbermouth Hills; verso occidente invece il West Lung, centro urbano scandito dai quartieri di Gabbington Palace, Windbag Place, Saint-Blaise, Saint-Apollonia, West Wuthering, Deafen, i quattro distretti (Noise District, Quiet District, Hush District e Silent District, in continua disputa) e, naturalmente, Speechlesstown –più povero e popolato di tutti, e perciò isolato dalle brezze.

Non lo sapevo! Fummo precursori, essendo stati i primi a intuire i vantaggi di un commercio immateriale: virtuale, come le parole; e perciò privo di spese. Con la borsa avete intrapreso questa strada: quei soldi che vi distinguevano da noi sono parole, ormai; e le grandi città ricalcano l'esempio di Blabbermouth, inquinando i fiumi, adesso inutili.

Un'altra cosa che abbiamo in comune è la spartizione della ricchezza, che tende a concentrarsi a nord come l'aria tende sempre verso l'alto. Le opere architettoniche seguono questa tendenza anche nella capitale, visto che la sua zona settentrionale ne è più ricca, essendo ricca. Per realizzare l'arte non ci si è mai tolti il pane di bocca, nel collettivo. L'arte è un avanzo, per chi la compra; anche se è sostentamento per chi la crea.

Lo notai la prima notte in città, mentre sovraeccitato studiavo il panorama: dalle finestre aperte nel mio

nuovo appartamento si sentiva benissimo come il frastuono provenisse da nord, attenuandosi verso i quartieri meridionali sino a spegnersi del tutto nei distretti
e nel mio ghetto. Mi dissi fosse quella la ragione per la
quale scelsi la camera da letto affacciata verso sud: per
il silenzio, per dormire.

Più che il silenzio però, nel buio all'orizzonte cercavo casa mia.

6.

Di tutta Blabbermouth, Saint-Blaise divenne il mio quartiere preferito. Coi suoi tetti cerulei che riproducono il colore del cielo, quel dedalo di stradine lastricate nel West Lung mi rapiva.

Ancora minorenne -questa distinzione è presente nel vostro diritto ma non nel nostro, visto che da noi la maggiore età è raggiunta con la prima parola, con cui ci si dichiara pronti al mercato-, e da poco in città, giravo per quel quartiere ogni giorno, non avendo mai visto nulla di più imponente e bello. In verità, passeggiavo dappertutto, avido di conoscenza, e libertà, e di cose nuove. Per Saint-Blaise però avevo un debole, e scoprirne la storia fu una delle prime cose cui ambii.

Improvvisamente ricco e ignorante, si potrebbe pensare che spesi tutte le mie prime parole in ordini inutili, come cene di lusso o bevute. E se avessi ereditato quei soldi da un familiare, lo ammetto, probabilmente lo avrei fatto. Mi sentivo in debito però nei confronti di Thompson, e il ricordo di quella promessa mi spinse a andarci cauto. Piuttosto, investii sulla mia istruzione, che era fondamentale se volevo diventare uno scrittore.

Iniziai a documentarmi sulle cose. Non sapevo

nulla, così mi andava bene tutto. Su Speechlesstown non trovai niente nei registri: persi solamente tempo perché per gli storici esisteva appena. Nessuno poteva saperlo, non avendola vissuta, ma *io* sì e un giorno avrei contribuito a renderla nota. La storia del signor Thompson, ad esempio, andava raccontata al mondo: veniva davvero dal ghetto, e in qualche modo ce l'aveva fatta. Come me.

Al contrario, sulla capitale lessi di tutto: mi fu utilissimo, perché nel passato si trovano le ragioni del presente, e quello studio diede fondamento a quel nuovo mondo in cui mi abitavo.

Scoprii che secoli fa, prima della nascita dei quartieri dei nuovi ricchi e delle masse di poveri, Blabbermouth si estendeva per una frazione molto ridotta rispetto alla sua attuale dimensione: Saint-Blaise ne era praticamente il centro, mentre l'East Lung era aperta campagna. Questa distinzione moderna tra nord e sud un tempo era stata tra città e campagna; con i contadini che lavoravano in silenzio sotto il cielo mentre i nobili oziavano al chiuso, in palazzi dai tetti di cielo –simbolo di sconfinate proprietà. Fu per l'avidità di alcuni che le strade delle nostre società si divisero: all'improvviso, a quegli uomini la terra non bastò più. Volevano anche le parole.

I contadini nemmeno se ne accorsero sino a quando le proprie parole, venute dalla terra, non furono tassate evaporando in cielo. Fu così che nacque il primo direttivo, nel tentativo di legittimare una nobiltà che pur parlando sempre non rivelava mai come fosse diventata nobile; ampliando il baratro che già esisteva, ora non più tra chi aveva il diritto di parlare e chi no ma tra chi ne aveva il potere e chi non l'avrebbe mai avuto.

Essendo meno materiali, non chiamammo i contadini *Servi della Gleba* dal nome della terra che lavoravano quanto, piuttosto, da quello delle sole parole che si potevano permettere di pronunciare: i monosillabi –parola di per sé troppo lunga da usare: il che spiega la ragione per la quale non siano mai riusciti a sviluppare una coscienza di classe, non potendo nominarsi.

Sebbene il quartiere di Saint-Blaise beneficiasse di quello sfruttamento, vedendo sorgere le cattedrali e i municipi antichi che possono essere visitati ancora oggi, le condizioni di vita dei *Monosillabi* non facevano che peggiorare. Tutt'oggi non si sa nulla di chi abbia costruito quelle meraviglie o degli uomini costretti a portare il peso della bellezza in silenzio, per secoli e secoli; fin quando non ne ebbero abbastanza.

La sola legittimazione alternativa alla parola è la forza: la monarchia stessa nacque dalla forza e dall'astuzia, che è forza della mente –e questo ovunque. Quando quel primo governo si ritrovò a dover fronteggiare le rivolte dei *Monosillabi* che marciavano sul borgo, infatti, l'oligarchia si trasformò in dittatura, poi legittimata in monarchia. Si finse un accordo, ma un proverbio del mio paese dice: *tagliata la lingua, la parola tace*; per questo il capo della rivolta venne sgozzato, e il suo nome non ci è stato tramandato, essendo vittima; mentre quello del re è osannato, perché carnefice.

È probabile che sia in quel primo contatto traumatico con la politica che vadano ricercate le ragioni dell'ipopolitica populista del mio paese, da sempre incline al liberalismo delle parole e contrapposta a quell'iperpolitica esercitata dai nostri governanti; la quale trovò la sua migliore espressione nelle parole di uno dei nostri più noti pensatori, che disse:

il miglior governo è quello che sente il meno possibile;

se non quello sordo del tutto.

In questo tentativo, molti filosofi e scrittori (che si vedevano tassati anche più dei Monosillabi) si trasferirono in quelle terre cui l'orecchio del governo non arrivava, fondando la nuova North Newsmonger e, sulle colline, Blabbermouth Hills. Alcuni secoli più tardi sarebbero diventati loro i nuovi nobili.

Ero come un bambino, leggendo di quei fatti. Non mi ero mai interessato tanto a nulla, in vita mia! Scoprii anche che solo da poco il mio paese era riuscito a garantire a tutti un trattamento equo, al prezzo di innumerevoli rivoluzioni messe a tacere. E così lo stato è diventato plurisillabico e il governo democratico, in modo da garantire al popolo il diritto di dire la sua. Eppure, quanti diritti ci vengono taciuti? Lo sapevo bene perché venivo dal ghetto. Quanti doveri, piuttosto, ci venivano urlati? Nuovi governi nascono e muoiono, ma la verità è che la Repubblica ha un costo troppo alto, e più è diretta più pesa sul welfare; per questo ha molti detrattori, nemici dello stato e quindi del popolo. Vi si preferirebbe altro: prima della Parola Pubblica, appresi che era stato cercato sostegno nelle opinioni di uno; forse perché quando l'uomo è stanco o spaventato vuole una guida. Non a caso, in molti vorrebbero ancora la dittatura, da queste parti: più si cresce, più si ha paura di perdere.

Ci sarebbero così tante cose da dire a riguardo, ma per me la più importante è questa: se ci fosse davvero una dittatura, non le potremmo dire. Tanto basta.

Alcuni aspetti positivi li avrebbe, è chiaro: quantomeno, la dittatura è economica, perché le parole di uno diventano le parole di tutti. Forse è per questo che a molti manca: perché non hanno opinioni proprie, e vorrebbero tornare a poterle avere in concessione.

Per alleggerire le spese, la nostra Repubblica è studiata per coinvolgere il minor numero di persone possibili: lo fa complicando il voto, ampliando la distanza tra governanti e governati e scoraggiando la libertà d'associazione, che pur essendo garantita è mal vista. Sembra contraddittorio ma è il solo modo per non far ingolfare la macchina politica, che forse avrebbe bisogno di essere cambiata e non soltanto mantenuta nei suoi ingranaggi, sostituendoli. Il governo di questa Repubblica è costituito da politici di professione che hanno, sostanzialmente, autonomia assoluta, vista l'indifferenza dei cittadini allontanati dal sistema. Non lo sapevo! Il loro unico limite è l'invidia degli altri politici, che aizzano giudizi e giudici. La magistratura qui è temutissima, e me ne accorsi subito, perché ha l'ultima parola! E poco importa quanto sentito prima: è il magistrato a mettere il punto; almeno, fino all'appello successivo, quando un collega (magari meglio informato, o stipendiato) esprimerà un giudizio opposto –e così via, all'infinito; perché la legge è una questione di dialettica, non certo di giustizia. Ma ne riparleremo.

A capo governo viene sempre nominato un chiacchierone: capo d'impresa o professore che sappia parlare e che possa permettersi di farlo; placando l'economia con le promesse. Quasi si potrebbe ipotizzare che la storia della politica sia la storia delle promesse fatte: che vengano mantenute o meno è statistica e in un certo senso importa poco, perché la cosa pubblica viene usata per smuovere i discorsi, più che per governare.

Quale promessa vedremo infrangersi in futuro? Con quei miei studi, a diciassette anni non potevo fare a meno di domandarmelo; diffidente delle cose come mia madre mi aveva insegnato.

7.

Naturalmente non stavo tutto il giorno a leggere: sentivo il bisogno di vita, e perciò d'uscire, conoscere, scoprire.

Essendo solo e assetato di storie, me ne andavo ad esplorare i luoghi di cui avevo studiato la storia: i rioni, i quartieri moderni, i monumenti; passeggiando giornate intere in attesa del loro arrivo. Non avevo ancora ricevuto notizie da mia madre e da lei, eppure continuavo a sperare, memore della lezione del ghetto.

Anche quella speranza era un'illusione.

Sovrappensiero, finivo per inventarmi storie: spesso facevo la carità d'un'amicizia a dei barboni, e furono loro il mio primo pubblico. Quasi non si contavano, tanti erano! Eppure agli occhi della città nemmeno apparivano, essendo Blabbermouth concentrata sulle insegne rumorose, sui locali e sulle risate nelle scuole, stracolme di bambini.

Personalmente, non avevo mai visto nulla di simile! Restando serio, mio padre non mi aveva mai detto molto –anzi, a pensarci bene finché visse mi disse seriamente una cosa solamente:

"Bada…"; e chissà come *io* sapevo che con quel vago avvertimento stesse cercando di ammonirmi dal combinare guai con una donna, per evitare un rischio che costasse più di un milione di parole: un bambino.

Era un pensiero comune, nel ghetto –si diceva che il Dio del Silenzio maledicesse i peccatori con una fertilità abbondante: e a Speechlesstown ci credevamo pure! Come possa la fertilità essere una maledizione non me lo spiegherò mai. È per questo però che mi ero convinto che a *St.* non ci fossero bambini –non sentendoli, avevo pensato non ci fossero, e ero cresciuto nella convinzione di essere solo: eravamo in pochissimi a scuola, e *io* stesso smisi da subito di andarci e quindi di considerarmi tale. Oggi credo che si cresca quando si abbandonano gli studi: è per questo che i filosofi e gli scrittori restano sempre un po' infantili, ma è un pensiero stupido, scusate. Da bambino non pensavo da bambino, né parlavo; non potevo, essendo povero –iniziai a lavorare prestissimo, quasi prima di farmi dei ricordi miei; per questo non ne ho di precedenti alla *T.a.*

Naturalmente non era vero non ci fossero: per quanto si possano usare precauzioni, i bambini ci sono sempre; solo, erano come me: merci in un mondo di mercanti; sfruttati per un guadagno a basso costo, nell'indifferenza generale –non c'era educazione ai contraccettivi da me: ci si affidava a coiti taciuti, che rendevano il problema anche più grave, costringendo a agire a posteriori. Forse era la Chiesa a impedirci di usarli, in cerca di proseliti. Non lo ricordo. So solo che tutto quello che si faceva, si faceva al buio. Nascevamo e morivamo al buio.

Per questo e per altro, l'infanzia da noi non esiste, e un bambino è solo un'altra bocca da far parlare. Al contrario, a Blabbermouth ebbi l'impressione di trovarmi in un paradiso dell'infanzia, con dieci marmocchi che contavano per cento, a differenza dei cento di *St.* che non sapevano contare.

Da quel che notai, gli adulti si comportavano all'opposto dei bambini: dopo aver dato ai figli il permesso di giocare ("Ma con parsimonia", gli si diceva), loro tacevano facendo economia. Da quelle parti, lo scopo di ogni discussione era il guadagno, mi sembrava: non si apre bocca se non si è certi di poterne trarre qualcosa di utile –che sia una storia interessante, una risata o uno sfogo, a Blabbermouth si partecipa soltanto a discussioni utili; che interessino. Lì tutto è in funzione dell'utile, a partire dal parlato. Se due persone hanno qualcosa da dirsi, bene; altrimenti tanto meglio.

Ebbi modo di conoscere i loro usi a poco a poco, vivendo lì; e il tempo non poté che confermare la mia primissima impressione: era vero, spesso non parlavano, ma non perché non potessero: risparmiavano. Tesi a accumulare parole con cui dire chissà che, sino a che:

"Non ho parole!", li sentivi urlare –pagando somme ingenti per dei lamenti.

La cosa peculiare nei loro atteggiamenti non era però quel risparmiare per dire quanto semmai l'apparire, dato che le parole non servivano a costruire i discorsi ma, piuttosto, le persone. *Si è ciò che si dice*, dicono alcuni; e quindi ciò che ci si può permettere di dire. Per questo nella capitale più si racconta di sé più il proprio sé si fa reale, concreto. Sembra che senza non si abbia essenza; e che l'esistenza di chi investe nel pubblico venga stimata mentre quella di chi investe nel privato esista appena. In compenso, si acquistano vestiti in voga e frasi alla moda: una settimana questa, l'altra quest'altra; in modo da apparire sofisticati ai più, ma non sinceri ai meno.

In questo senso, li coglieva un'ossessione diversa ogni mese –o settimana, addirittura: oppure giorno! Luogo privilegiato di tutte le ossessioni erano i media: radio, tv, stampa; indipendenti ma coordinati nell'agenda; dunque impegnati a influenzare le masse pur facendosi influenzare dagli ascolti (e dalle tirature). A *St.* non esisteva informazione, perché non potevamo permetterci di domandarla; a Blabbermouth invece, dove la domanda trovava espressione, le notizie venivano adattate alle mode, e tutto questo non faceva che accrescere il divario tra noi e loro in maniera esponenziale: e se adesso non è chiaro, presto vi mostrerò con quali conseguenze.

Leggevo molti giornali. Non lo avevo mai fatto, perciò mi interessavano.

L'attenzione quando arrivai era concentrata sulla borsa: non era mai stata tanto fragile, si diceva; e quella vecchia idea di un vocabolario globale che avvicinasse le persone, permettendo una comprensione universale, si decise fosse del tutto strampalata –che avesse finito per ampliare le disparità, piuttosto che ridurle; essendo alcuni idiomi semanticamente più forti e altri più deboli. Tutto questo trambusto mi terrorizzò al punto da non farmi dormire notti intere! Prima di ogni elezione si sentivano analisti annunciare crisi catastrofiche che ci avrebbero piegati al silenzio in caso di vittoria di questo o quel candidato: terremoti economici, rovesciamenti globali –alla fine non accadeva nulla. Era un parlare per spaventare: oggi lo so; smuovere l'economia del linguaggio dalla sua austerità. Il mio impensierirmi fu vano: come se nessuna istituzione fosse mai stata messa in discussione, il mese

successivo i giornali s'interessarono di un qualche vi-
rus tropicale che attaccava solamente le persone con
lettere a ideogrammi nel nome e di cui dovevamo ad
ogni costo essere terrorizzati, non so perché.

Svanita una paura se ne manifestava una nuova nella mente e sulla bocca degli abitanti di Blabbermouth,
che ne parlavano in continuazione; e così all'infinito,
sino a che *io*, unico, non m'abituai. Non ricordo cosa
ossessionò i media nei mesi a seguire: prestai loro attenzione, e perciò tacquero.

8.

Il giornalismo, come avrete capito, viveva una delle sue crisi peggiori; quindi a causa del calo degli abbonati sfruttava le tragedie per vendere. So che non riuscite a immaginarlo, ma era così, vi giuro. Un tentativo disperato, chiaro segnale della necessità di un cambiamento imminente che sarebbe avvenuto di lì a poco grazie a me.

L'effetto che ne risultava era duplice: pur riuscendo a tenere sulle spine i lettori, non appena la tensione calava la richiesta spariva, e le spese strozzavano i giornali –i lettori si erano assuefatti alle sciagure, come dei drogati: per questo ai media era richiesta una stimolazione costante; dosi sempre più massicce, che li costringevano a fare in fretta, azzardando conclusioni o inventando retroscena. *Dice solo chi dice per primo*, si diceva nell'ambiente: anche a costo di dire male. Inoltre, le parole scritte avevano perso mercato perché troppo concrete: le persone se ne lamentavano continuamente, essendo in quegli anni il costo di produzione più alto dell'effettivo valore: cosa ritenuta inconcepibile, e quindi disonesta. Dopotutto, alla parola non serve nulla mentre ai giornali l'inchiostro, la stampa, i depositi –senza parlare dei giornalisti: alchimisti della parola, convinti di poter trasformare l'aria in oro.

Non so perché cercai lavoro proprio in un giornale, allora: forse avevo bisogno di qualcosa con cui occupare le giornate mentre aspettavo la risposta di *lei* e di mia madre, o il loro arrivo. Non avevo voglia di festeggiare: se mi distraevo, subito con la mente tornavo a pensare a loro, e a casa. Con il passare delle stagioni il mio nuovo appartamento si faceva sempre più vuoto.

Decisi di fare qualcosa, e mi proposi per un colloquio, contattando un giornale che stava vivendo una profonda revisione: *l'Aeolus Post*. Non mi spaventava un rifiuto, visto che di parole ne avevo da buttare! Non so perché scelsi proprio il *Post* però: probabilmente rimasi intrigato dal nuovo direttore, di cui si vociferava molto in quei mesi. Il suo nome era Freeman, e tutto il paese lo aveva corteggiato. Era stato in grado di risanare i conti di tutte le testate in cui aveva lavorato! Non importava quanto fosse forte la tempesta: se Freeman prendeva il timone di una nave, la conduceva in porto; al costo di legarsi al pennone! Si diceva che in bocca sua un ternario fruttasse un endecasillabo: fu questo a incuriosirmi. E poi, lavoravo da quando avevo dodici anni, e non avrei saputo che farmene di tutto quel tempo libero.

Inaspettatamente, al colloquio fu gentilissimo con me. Andò diretto.

"Cosa ti fa credere d'esser abbastanza bravo per scrivere nel mio giornale?" Mi chiese subito, mettendo le cose in chiaro tutto d'un fiato.

Non c'erano dubbi che Freeman fosse un contabile avveduto. Come sapeva gestire un discorso lui, nessuno! Emozionato, dissi solamente:

"Ho le parole"; e lui:

"Sei assunto".

Le volte in cui ci ripensavo, mi dicevo l'avesse fatto per la sintesi che ero riuscito a dimostrare; frutto di una vita di parsimonia, e di emozioni adattate agli averi: fondamentale, pensai, per salvare il *Post*. In effetti, chi meglio di me poteva sapere come andarci cauto? Al contrario di quei giornalisti cui non faceva differenza usare cinque parole al posto di una, e degli editorialisti incapaci di tagliare, *io* avevo dato prova di padroneggiare la prima legge della microeconomia: adattare i discorsi alla scarsità delle opinioni; rifiutando l'esempio di chi non ha niente da dire ma parla per dire qualcosa.

Ovviamente non era per quello che mi aveva assunto, ma non volevo credere potessi ricevere dei favoritismi solamente perché ricco: ero poco più che un ragazzino.

Freeman aveva due facce: me ne resi conto appena iniziai.

Personificazione della classe di cui era esponente, oscillava tra il risparmio e lo spreco. Quando si faceva promotore di quella pratica per cui per risanare il bilancio si tagliano le spese invece di migliorare la qualità, il direttore iniziava a gettare fuoribordo qualsiasi zavorra; licenziando a tutto spiano. In fondo, si brama il Dio che non si ha; concretizzazione delle qualità che si vorrebbero; manifestazione della mancanza più profonda del popolo e dell'individuo che prega. Forse è per questo che, sbattuto dagli eventi come una vela dai venti, volevo un Dio d'equilibrio mentre Freeman e gli abitanti di Blabbermouth, dal suo Raccordo sino alle Colline, invece di lodare come a St. o come gli antichi il Dio-Parola veneravano tutti il Dio-Denaro; che poi è lo stesso Dio –o almeno così ci vorrebbero far credere.

Di quel Dio Freeman era il profeta.

"Puoi sintetizzarlo?" Mi domandava quando era lui a pagare per quello che scrivevo –e se gli giuravo di averlo già fatto, mi urlava:

"Non vale la pena a questo prezzo!"; minacciandomi di mandare via anche me.

Titolavamo *AP*, quelle volte. E senza firma.

Quando invece scrivevo articoli di mio pugno, senza commissione e quindi rimborso, cambiava del tutto espressione e accondiscendente mi diceva:

"Leggeri! Falli leggeri!"; suggerendomi variazioni che iniziavano sempre dalla lingua, visto che tutto incomincia da lì. E allora non mi si chiedeva più meno, bensì più, sempre di più: pezzi più lunghi; giri di parole più larghi, confusi –il tutto con maggior leggerezza.

Quelle volte titolavamo *TUTTE LE RUBRICHE E GLI SCANDALI DEL NUOVO AEOLUS POST, INTEGRALE*, in stampatello, con la mia firma messa ovunque.

Non me lo diceva espressamente, ma indirettamente sembrava consigliarmi:

"Parla per te"; e ambizioso *io* lo facevo –almeno sino a che non mi resi conto che quella regata non sarebbe durata ancora a lungo se non avessimo attrappato tante falle: arrivai a vent'anni anni scrivendo solo per il mio ego, affondato per metà.

Non furono parole buttate: si potrebbe dire che parlai per far parlare di me, ma il *Magistro* tormentava sempre il mio lavoro –sì, proprio il *Magistro*: la storiella in cui investono le madri per spaventare i propri figli prima che imparino a parlare, per evitare che lo facciano! A Speechlesstown non temevamo il buio, che ci era fin troppo familiare; né ciò che vi si nascondesse: temevamo il *Magistro*; terrorizzati all'idea che venisse a soppesarci le parole. Se le ricordava tutte, lui: giuste o sbagliate che fossero, ben spese o sprecate; pronto a strapparci via il cuore, che è l'àncora che ci trattiene alle cose; impedendoci di fluttuare nel cielo assieme alle anime di chi ha parlato a vuoto. E così, vedevo l'onnisentiente *Magistro* ogni qual volta provassi a scrivere, nascosto in un angolo della stanza o della mente: pronto a punirmi.

Lo confessai a Freeman, spalancandogli l'anima: non avevo nessun altro oltre a lui, che però ne rise. Lo divertì molto quella mia superstizione del ghetto –così la chiamò.

"È nella tua mente," Mi spiegava: "è un mostro astratto", ma era un ipocrita perché considerava il Pubblico un individuo concreto con cui si vantava di saper dialogare.

"Io lo conosco," Diceva: "e fidati: insultalo e lo farai innamorare", convintissimo; oppure:

"Il Pubblico è capriccioso: vuole tutto e subito. Per questo dagli ciò che vuole un poco per volta".

In quei momenti lo detestavo, ma solamente nella misura concessa dalla mia età. Non si poteva negare che sapesse ciò che faceva: per lui l'*Aeolus Post* fu un trionfo, dato che riuscì a ridurne le spese; portandoci verso acque sicure sia che uscissimo in versione ridotta, e quindi economica; sia che uscissimo in versione integrale, più ricercata. In quel modo il giornale si riprese davvero, e Freeman dimostrò di capire il pubblico: vendemmo il doppio, il triplo, il quadruplo;

divenendo di tendenza sia negli ambienti altolocati
-Saint-Apollonia, Gabbington Palace, Blabbermouth
Hills-, sia in quelli borgesi e industriali; dove la nostra economicità veniva presa per valore aggiunto.
Quando dicevo poco il giornale vendeva perché costava meno; quando dicevo troppo il giornale vendeva
perché costava molto, e quindi era di lusso. Arrivati a
quel punto, bastavo *io* per fare tutto e perciò, portando
all'estremo la propria filosofia, Freeman licenziò gli altri, facendo di me il solo scrittore dell'*Aeolus Post*.

Potrà suonare banale, oggigiorno. Siate abituati a
più bocche che parlano con un'unica voce: all'epoca
però, soprattutto da me, quella scelta del direttore fu
avveniristica! A alcuni fece storcere il naso ma col tempo ogni giornale finì per copiarci. È la ragione per cui
gli scrittori oggi non hanno lavoro: è troppo pericoloso gestire più gole, e più comodo usarne una soltanto,
più facilmente indirizzabile –la quale diviene del popolo, che ci si abitua e la riconosce come propria.

In fondo, la stampa è sempre stata il megafono del
potere. A cambiare è il regime.

Divenni una celebrità, eppure al crescere della domanda aumentavano le richieste di Freeman, con ripercussioni sulla mia libertà. Stavo tutto il giorno
insieme a lui, tutti i giorni –non vedevo altro e non facevo altro, oltre a aspettare le mie donne. Solo il lavoro
mi distraeva dalla loro assenza.

Il successo che investì il Nuovo *Aeolus Post* fu spro-
porzionato e si concretizzò in un interesse spropositato
–mai nessuno aveva osato quanto il direttore con la sua
testata e ciò, gratificandone il lavoro, scagliò le vendite
in cielo sospingendoci per diversi anni, durante i quali
divenimmo noi la stella polare del giornalismo, dato

che non seguivamo nessuno, ma venivamo seguiti. Erano gli altri a emularci, e questo portò a cause legali sulla paternità di quella pratica che molti tentarono di rivendicare ma che Freeman vinse, dandole il nome *Freemanismo* –fatto curioso, dato che in realtà la voce sarebbe stata mia; anche se immagino che la storia preferisca ricordare chi commissioni, non chi realizzi. La questione portò poi a dei dibattiti incentrati sulla morale dietro quella scelta aziendale di abbattimento delle spese: quanti bravi parolieri si erano uccisi a causa della crisi? E in quanti avrebbero finito per non avere più nulla da dire? Con il successo che raccolse, l'ambizione di Freeman si fece sempre più sorda. Niente lo appagava più e per questo mi gridava:

"Di' ma di meno, di' ma di meno!"; oppure:

"Di' di più, di' di più!", a seconda di chi pagasse per quello che scrivevo.

Era destinato alla grandezza, ce ne accorgemmo tutti: era un uomo di genio. È per questo che, nonostante tutto, feci il tifo per lui anche dopo che il nostro rapporto si interruppe; e mi dispiacque terribilmente quando il *Post* venne chiuso. La crisi della parola non poteva essere arginata –siamo tutti destinati al silenzio. Naturalmente, nessuno accettò di prendere il mio ruolo a bordo; e da solo, dopo che me ne fui andato, Freeman non poté evitare la deriva. Provò a scarnificare le spese; e fu il primo a esternalizzare gli articoli: cambiò e ricambiò, perennemente insoddisfatto quale il genio che era –alcuni giurarono avesse perso la testa; ma come mia madre con Thompson, non volli dare ascolto alle chiacchiere, che spesso sono una moneta fasulla. Mi ricredetti solo quando venni a sapere che per risparmiare ancora aveva licenziato l'ultima persona rimasta: lui stesso.

Nessuno ne seppe più nulla. In bancarotta, e solo, visse come poteva; arrangiandosi a non dire nulla dopo aver detto tutto. Lo trovai a Speechlesstown anni dopo, su Stutter Road. Non so come feci a riconoscerlo, gonfio com'era; vecchio, e senza più un dente. Non parlò: non poteva.

Questa fu la mia esperienza all'*Aeolus Post*.

9.

Quella collaborazione durò tre anni: nel frattempo venni invitato al Flibberty per trovare una risposta alla domanda *che forma ha la comunicazione?*, e di lì uscii con un lavoro.

Grazie all'eredità di Thompson padre scrissi come unica penna del *Post,* pensando di rendere tutti felici: i lettori, il giornale, il direttore –ma a quale prezzo? Recluso, spendevo più di quanto Freeman mi pagasse: la cosa non poteva continuare.

Chi ha parole non perda parole, mi dicevo: Thompson non avrebbe voluto per me quella vita, che poi era la stessa da cui lui fuggiva. Spinto dal suo ricordo, iniziai a cercare un nuovo impiego. Al direttore naturalmente non dissi nulla: prima di disertare dalla sua nave, attesi una scialuppa. Quella scialuppa per me fu un articolo sul *Flibbertigibbets* a Blabbermouth Hills, il più famoso circolo letterale del paese.

L'occasione si presentò da sé con quell'incontro.

Quando Freeman mi propose quel lavoro, titubai. Nonostante mi fossi trasferito già da un po', non avevo ancora visto le colline, e mi sentivo fuori posto solo all'idea. Dentro ero ancora un ragazzo del ghetto, e molti atteggiamenti di quei chiacchieroni ancora mi infastidivano.

Era comunque lavoro, perciò accettai. Quando ne varcai la soglia, Blabbermouth Hills mi travolse! Poteva esistere tanto lusso? Poteva una strada essere da sola così magnifica? Cuore pulsante del quartiere è la Interjuction Broadway, via principale e stile di vita visto che esclamare è dire due volte: una per sé e una per chi ascolta. Se non sbaglio, quella dovrebbe essere la strada più chiassosa al mondo: a volte la sentivo da *St.*, e quando accadeva mi affacciavo e sognavo ad occhi aperti, potendo solo quello. Scoprii che a popolarla erano soprattutto i negozi griffati con insegne ben marcate, la cui vista è garantita dall'assenza di alberi, tagliati per farne volantini distribuiti per le strade –indice di un mercato fruttifero: il quale non dà mele o fichi ma profitti e dividendi.

Ne rimasi affascinato. Centri commerciali, parchi curati, concerti all'aperto e un via vai costante di turisti e veri ricchi, impegnati nelle spese e quindi stanchi. Era l'esatto opposto di Speechlesstown, con quei lampioni sempre accesi, anche di giorno, e la leggerezza con cui le persone si salutavano per strada e, innocentemente, facevano amicizia. Da noi non capitava.

Esplorai tutto il quartiere. Lontano dalla Interjuction non c'era quasi nulla: tra i saliscendi delle colline, attraverso stradine private, Blabbermouth Hills diventava un quartiere residenziale con ville lussuose e fortificate; dai cancelli altissimi che nascondono i viali, le facciate e i giardini. Ogni villa era uno stato sovrano. Forse è per questo che ai suoi residenti non servono scuole, né locali –ognuno poteva dire di aver tutto, mentre a Speechlesstown nessun aveva nulla. Ne fui infastidito, sul momento. Mi sembrava quasi che le persone ricche vivessero in un'altra realtà. Anche io ero ricco ma non lo sfoggiavo ancora. Fino a quel momento, i miei piedi restavano ancorati a terra, come mi aveva insegnato il *Magistro*. Gli altri, piuttosto, vivono sospesi: lo dimostravano i membri del Flibberty, capaci di isolarsi per giorni a discutere sulla concretezza, senza sapere cosa fosse.

Cercavo un indirizzo preciso: quello della Speech Room, sede storica del *Circolo Flibbertigibbets*; fondato a inizio secolo dai membri delle retroguardie determinati a combattere l'introspezione moderna. In più di cento anni, ogni riunione si era tenuta in quella sala, che è ancora il luogo di ritrovo dei più grandi parolieri del paese: loggia privata sfruttata per gli affari. Era un onore poter entrare, e quando finalmente la trovai, mi meravigliarono le sue straordinarie dimensioni, il valore delle decorazioni con cui le arcate erano ornate e il numero busti, ritratti e foto raffiguranti i membri.

Ne faceva parte anche Thompson figlio, scoprii. Lo riconobbi al muro ad una foto: per mia fortuna non partecipò a quell'incontro. Non mi andava ancora di parlarci.

La mia presenza era stata annunciata da Freeman, che ne aveva richiesto il permesso. Perciò, appena entrai mi gridarono:

"Benvenuto!", visto che si aspettavano il mio arrivo.

Ripetevano le cose due o tre volte, non so se nel dubbio non sentissi, o solo per mostrarsi. Continuarono mostrandomi la sala.

"Venga!" Mi dissero.

Scoprii di essere noto: tutti amavano l'edizione integrale del *Post*. A affascinarli era poi il fatto che fossi uno scrittore emergente, forse perché era una vita che non vedevano emergere nulla.

"Che onore!" Mi urlarono:

"Che genio!", ma lo dicevano a tutti quelli che li intrattenevano; perché certe persone elogiano solamente chi li fa divertire. Non ero uno scrittore per loro, ma un intrattenitore. La linea di demarcazione tra i due ruoli è terribilmente sottile, oramai.

Facemmo le presentazioni di rito: i membri erano circa quaranta; per la maggior parte donne, che non parlavano mai senza esclamare qualcosa. In questo le nostre società sono agli antipodi: il potere è fallocratico da voi; da noi in mano alle donne, che partoriscono da sole la maggior parte delle parole e sempre da sole ne gestiscono il flusso.

Vollero sapere tutto di me. Qualcuno notò addirittura la perfezione della mia dizione; indice di umili origini, dato che solo i ricchi mangiano parole. Ne fui un poco imbarazzato, e adattandomi al contesto provai a sbiascicare di più, da lì in poi.

Si originò immediatamente una discussione accesissima riguardo quella mia dizione, con una professoressa che elencò le differenze linguistiche figlie dalle disparità sociali mentre due politici di schieramenti opposti e quindi di idee simili litigarono sulle cause linguistiche di quella disparità: il tutto per una buona mezz'ora, con me nel mezzo ad aspettare. Ne uscì fuori che a Speechlesstown parlavamo in maniera diversa perché eravamo poveri, ma che eravamo poveri perché parlavamo in maniera diversa, e quindi ben ci stava.

"E in cosa crede?" Mi domandò un'altra, riprendendo.

Non avrei saputo cosa rispondere su due piedi, ma non ci fu bisogno di farlo perché intervenne per me un famoso curato delle colline, predicatore e convertitore di masse le cui parole erano finanziate dagli stessi fedeli che le ricevevano in miracolo. Ogni cosa mi venisse domandata dava adito a una nuova discussione! Diceva solamente l'ovvio: forse perché non conosceva altro, avendo sempre vissuto delle indicazioni di Dio, che non si sentono. Disse di biasimare quelle povere bocche smarrite che, sedotte dalla promessa di pace, entravano in sette che pretendevano si tagliassero le orecchie e si cucissero orrendamente le labbra. Lo facevano solo i membri dei ceti più muti, però: per lui era una scelta inevitabile, e del vuoto che possono lasciare le parole non teneva conto. Non capiva la frustrazione che si prova nel doversi conquistare ogni verbo; nel dover sopportare in silenzio ogni ingiustizia, perché guai a parlare ribellarsi senza poterselo permettere! Nessuno in quella stanza lo capiva.

"Dio" Aggiunse: "ci ha dato l'udito per poterlo ascoltare e la parola per pregare!"

"Evidentemente ci voleva guadagnare" Concluse un liberale, facendo scompisciare l'uditorio.

Risero tutti e alcune signore applaudirono: quel prete non doveva stare simpatico a molti; forse perché le sue parole non facevano bene a nulla, se non all'anima.

"Che forma ha la comunicazione?" Mi chiesero ad un tratto.

È una mano, la comunicazione; eppure molte volte non riusciamo ad afferrarla. Cadiamo, quando accade; precipitando nel vuoto delle nostre incomprensioni. Sarebbe bastato accettare il fatto che non può esistere comunicazione senza comunione, per capirlo: eppure in pochi ormai lo fanno. E allora si cade: senza nessuno che ci aiuti, e che ci afferri.

Al Flibberty non volevano capirlo; e nonostante fossero convinti di avvicinarvisi sempre di più dopo ogni incontro, *io* sapevo bene quanto di più li allontanasse il loro egoismo dalla verità, dopo ogni incontro. Gridavano, si sovrapponevano e usavano solo l'esclamativo, convinti che la comunicazione avesse la forma delle parole, arenandosi su quell'idea senza capire che la lingua è solo una falange di quella grande mano che è la comunicazione. Naturalmente a loro non lo dissi: stavo lavorando, dovevo prendere appunti; ero ospite e non mi andava di manifestare opinioni così vicine al *Capitolo*, con quel clima di Maccartismo Loquace che si respirava –e poi, avevo l'impressione che una volta scopertolo avrebbero proposto di tassare anche quelle, di forme; completando finalmente l'opera dei nostri primi regnanti, disposti a mettere tutti a tacere pur di parlare senza obiezioni.

Mi interessai alla conversazione per motivazioni prettamente professionali, evitando di intervenire durante le sei ore d'incontro; soppesandone i discorsi quasi fossi un silenzioso *Magistro*. Fu in quel trambusto, mentre si era persa la dialettica del mercato, che un tale con voce asmatica mi si accostò e mi porse di nascosto un biglietto da visita.

"Tenga" Mi disse. "Nel mio giornale siamo sempre aggiornati sulle ultime voci".

Ringraziai, e ci sorridemmo. Poi, però, non ci scambiammo più neanche un'occhiata.

Il giorno dopo il mio articolo titolò:

DENTRO LA PAROLA
Reportage sul Circolo che domina il mercato

Solo a lavoro ultimato mi informai su quel tale: era il proprietario del *Quidnunc Liberal*; il giornale più prestigioso delle Hills.

10.

Con il *Quidnunc Liberal* collaborai per due anni; sino a quando, cioè, il lavoro di Mrs. Slobe non lo rese più necessario.

Fondato ancor prima del Flibberty, esso rappresentava la risorsa affidabile da cui i professionisti della Blabbermouth bene potessero attingere a notizie puntali attraverso articoli divaganti riguardanti notizie accomunate da un'unica, sola peculiarità: la falsità.

È questa la specialità di quel giornale, da generazioni in grado di mantenere uno standard d'infondatezza elevatissimo, imponendosi come leader nel campo e ispirando la nascita delle riviste di fantascienza e gossip, che trattano in maniera differente di argomenti simili; oltre che di una scuola dell'ipocrisia cui un giovanissimo Freeman aderì a inizio carriera e a cui restò sempre fedele. Me ne accorgevo ogni qualvolta mi ordinasse di plasmare virgolettati, stufo di aspettare per interviste che avrebbero rallentato i tempi di stampa.

"Il giornalismo è un gioco di luci" Diceva muovendo le dita come per ipnotizzarmi; riuscendoci sempre.

In questo senso perciò, il *Liberal* era costruito su fondamenta più salde rispetto agli altri giornali del paese, costretti a adattare la domanda agli eventi; mentre il giornale delle Hills si poteva permettere di adattare gli eventi alla domanda, inventandone. Su questa base, non avvertì mai le scosse di una crisi che altrove faceva crollare ogni cosa. Vacillava esclusivamente quando un timido interesse per la verità spingeva le nuove generazioni verso la realtà; perché da loro idealizzata. Allora, pur restando fedele alla menzogna, il *Liberal* introduceva notizie verificate da mimetizzare tra quelle inventate: nessuno se ne accorgeva mai. In un mondo di bugiardi, il *Quidnunc Liberal* si era attenuto a una scelta di mercato coerente, e questo lo apprezzavo –tutti mentivano: i suoi giornalisti almeno lo ammettevano!

A Freeman spezzai il cuore, quando gliene parlai.

"Resta con me!" Mi pregò: "Scrivi per me: ti pagherò il doppio".

Per me però non era più una questione di parole: volevo cambiare; volevo crescere, per poter scrivere liberamente, senza restrizioni. Se dovevo vendere storie, volevo almeno che fossero le mie.

Nel ricordare quel momento, mi stupisco ancora di quanto fui risoluto. Non mi sentivo più un ragazzo; non avevo più mille paure. Ero del tutto risoluto a fare carriera per scalare la vetta: e quello sarebbe stato il giusto inizio.

"Non farti più vedere! Non saresti nulla senza di me!" Mi gridò; e *io* lo sapevo: era per questo che me ne andavo.

Con il *QL* siglai un contratto per dieci falsi-articoli, dai quali avrei guadagnato il 2%. Una miseria, ma la tiratura era grande, e non lo facevo per denaro. Inoltre, avevo un'opzione di rinnovo con la possibilità di pubblicare dei racconti più lunghi, se fossi andato bene. Volevo lasciare il giornalismo per dedicarmi alla mia vera vocazione: la narrativa. Avevo mille storie in testa che non volevo abbandonare: la maggior parte di esse erano su Speechlesstown. Mi premeva dimostrare di meritare quel lavoro, soprattutto: ancor prima che firmassi, in redazione si era sparsa la voce fossi raccomandato, e che dovessi il mio lavoro al Flibberty. Forse era vero, ma non mi importava. Per orgoglio personale mi impegnai come non mai nel mio lavoro, mettendo in pratica anni di esperienza e di insegnamenti acquisiti. Gli articoli che scrissi sembravano veri! Niente di che, a livello di risposta; eppure mi guadagnai il rinnovo, e per me fu una vittoria –in particolare verso chi aveva dubitato.

Rispetto ai primi tempi era tutta un'altra musica: non ero più il ragazzo analfabeta di Speechlesstown ma un professionista affermato, sempre vestito di tutto punto e puntuale la mattina a lavoro. I vecchi dubbi sullo scrivere e il parlare erano un ricordo lontano. In più, Freeman mi aveva insegnato il segreto del business: mostrarsi sicuri; perché davanti alla sicurezza non si può controbattere e il mercato sa essere spietato con chi esita, soprattutto nella prosa.

Mi veniva data carta bianca: il vecchio proprietario aveva fiducia nella mia fantasia, ma ne avrebbe avuta solo fino al prossimo protetto, perciò dovevo rinnovarmi.

Volli viaggiare, perché se non vivi non scrivi e sentivo di aver bisogno di cercare ispirazione altrove; di completare la mia formazione. Bisogna ascoltare tutte le lingue prima di farsi un'idea, *io* credo. Avrei preferito partire in compagnia, ma ero solo e a quanto pareva lo sarei rimasto: dopo quattro anni senza risposta,

smisi di sperare che *lei* e mia madre mi raggiungesse-
ro, e quindi di aspettare. Stavo diventando tutt'altra
persona.

I nostri paesi non commerciano, essendo per voi i
nostri soldi immateriali e per noi le vostre parole sva-
lutate. In quegli anni in pochi facevano viaggi all'este-
ro come feci io; oggi però non è insolito, e anzi le vostre
industrie esternalizzano molto da noi, in aree povere
dove si tiene la bocca chiusa; mentre da voi stiamo
esternalizziamo i conti, visto che le vostre bocche sono
un porto franco. Giravano leggende sul vostro conto
che fui felice di smentire, e questo dimostra come anche la conoscenza è figlia del mercato. Misi bocca ai
risparmi e partii: per me fu un sogno! In parte era lavoro, è ovvio, ma mi godetti con piacere quella prima
vacanza della mia vita. Muovermi in una società in cui
le parole erano liberalizzate mi diede l'impressione di
essere libero; e non per meriti, o guadagni –libero per
nascita, che è fondamento di ogni diritto.

Fu una sorpresa scoprire in quante forme la lingua
si fosse diversificata nel mondo. Era così anche da noi,
prima; poi però unificando le lingue abbiamo unifica-
to le menti, e la ricchezza di un tempo si è persa in
favore del benessere. Non tutti i vocabolari infatti erano ugualmente ricchi: appiattendoli, però, molto si è
perso; e molti si sono ritrovati in difficoltà nel parlare.

È questo che ha accresciuto la povertà nel mio paese.

Sfruttai l'esperienza per studiare la vostra assurda
tassazione e la censura, assente per gli uomini e tremenda per le donne. Religione, politica e morale mi
dimostrarono che pure se liberi, siete limitati. Conobbi
molto altro, viaggiando: l'apertura celestiale e la po-
tenza dell'oceano che la rifletteva nella sua interezza;

il suo solidificarsi in lingue di terra concentrate all'o-
rizzonte nella pace di un punto, che poi è il tramonto
dell'uomo e del tempo –quel punto, quello d'aria e di
pietra, figlio della perfezione, e della comprensione;
vivendo vicende che, maturandosi in ere, maturarono
me: riempiendomi di cose da dire, e da scrivere.

Un momento che dura per sempre, e che si riversa
nell'arte.

E così scrissi davvero, ma non per scelta, perché la
scrittura è onesta solo quando non se ne può fare a
meno. Era un bisogno mai provato quello di riversare
su carta il traboccare dell'anima, che colava d'inchiostro: non avevo mai avuto niente da dire, ma finalmente ne avevo. Mi sarei ucciso, se non avessi potuto
farlo: invece scrissi un romanzo.

11.

Non osai toccarlo.

Era mio, quel romanzo? Sì, lo era. Mio come un figlio, più che un'opera! Il frutto delle esperienze migliori e dei dubbi più atroci; incarnazione di speranze flebili e errori indelebili –mio come l'Io che prima di quello sforzo nemmeno esisteva. Non era perfetto, ovviamente: era il mio primo, quindi poteva essere perfetto soltanto per me, come un figlio per la madre. Nonostante l'investimento enorme, infatti, mostrava i limiti della mia età: ero *io* il testo, e il suo successo sarebbe stato il mio, il mio fallimento il suo.

Avevo fermato un momento che dura per sempre, in quel romanzo. Qualsiasi cosa avessi fatto e qualunque cosa ne sarebbe stata di me, quel momento sarebbe rimasto. Eterno. E l'arte è questo, *io* credo: un attimo che dura per sempre messo a disposizione del mondo. Ne andavo veramente fiero.

Quello dei romanzi è ancora un mercato difficile: ci si investe molto per guadagnare poco; un po' per la spesa; un po' per la domanda, cui non sempre tante parole sono una risposta. È per questo che da me chi scrive lo fa o perché è ricco, o perché è idiota. Per questo si dice che:

"Di scrittura non si vive"; anche se senza scrivere si muore.

Chi ci riesce -e sono pochi- lo fa grazie a più mani; dividendo l'impegno e quindi l'importo, formando startup sostenibili: a volte tra colleghi, altre con scrittori morti, di cui depredano il lavoro. Ma è solo una goccia quella che riesce a dissetare i lettori, attaccati alla bottiglia dei nuovi piaceri. Dietro ogni scrittore pubblicato si nascondono almeno mille o più inediti, rimasti sul fondo o strozzati al collo dell'editoria –persone il cui unico sogno è di avere una voce e potersi far sentire, com'è per *St.* e per i suoi abitanti. Forse per questo volevo diventare uno scrittore, allora: perché ogni scrittore in cuor suo è un povero che sogna di parlare. In un certo senso, siamo tutti abitanti di Speechlesstown quando ci sentiamo incompresi, ignorati; o quando, ancora peggio, ci crediamo incapaci di esprimere noi stessi; di cogliere i momenti eterni. Perché le cose che abbiamo dentro sono troppe e la nostra bocca è una, e spesso chiusa. Diventiamo insensibili, e dimentichiamo come ancorarci alle cose. Per questo gli esordienti, che sono sempre sul punto di affogare, arrivano a sbracciare pur di farsi ripescare; abbandonando la zattera della propria opera pur di sopravvivere, e toccare terra –vendendosi l'anima, in altre parole: vendendo la produzione della propria opera.

Non lasciatemi parlare di chi non viene meno ai propri principi anche a costo di bere. Sono loro i veri eroi in quel mare che è l'editoria.

È per approfittarsi della disperazione e del mercato saturo che sul fondo della bottiglia nuotano gli squali: sono gli editori a pagamento; pirati degli oceani, filibustieri in cerca di quel tesoro che è un testo ben scritto per cui non devono sborsare un solo verbo. La loro ragione d'esistere risiede nel fatto che nemmeno chi pubblica davvero naviga in acque migliori: se il *Post* naufragava, i libri erano affondati da un pezzo. Così, difficilmente le case editrici vogliono fare il proprio lavoro, e cercano di addossare i costi agli scrittori; pescando balene che si fanno prendere o perché confuse dal marasma, o perché stanche, o perché grasse, e quindi lente a sfuggire. Difficilmente i nuovi autori sono muti, e ancor più di rado sono persone di cui la gente ancora non parla.

Farlo, pubblicare uno sconosciuto, costerebbe troppo in presentazioni.

A quel tempo, il modo in cui attaccavano gli editori a pagamento era molteplice: a volte domandavano parole; altre richiedevano un po' di copie; perché la paura era di restare senza vento, e per questo pretendevano un anticipo. Per conto del *Post* avevo indagato spesso su questi personaggi, e dei loro servizi a pagamento mi ero fatto un'idea precisa –non penso sia un caso se oggi sia qui a pubblicare per me stesso, a mie spese, con mia fatica. Parole che ho rivisto da me, e impaginato da solo. A parole mie, e di nessun altro.

Discorso diverso va fatto per le Minor e le Major che dominano il mercato: le prime erano troppo piccole per sopravvivere; le seconde troppo grandi da mantenere –onerose, quindi; piene di zavorra. Ricordo che per sopperire a questi problemi, molte Minor finivano per attaccarsi alle Major come le remore agli squali; mentre le Major sfruttavano pubblicità alternative per risparmiare, perché il costo degli esordi è troppo alto e rischioso, mentre è meglio investire sui concorsi o sui reality show.

In questa confusione, non era raro che buoni lavori si perdessero come pioggia tra le onde –il sistema sarebbe presto cambiato, ma non in meglio. Nella rete, saremmo stati tutti pesci.

Avrei potuto inviare il manoscritto a più case editrici, perciò, ma farlo mi sarebbe costato un patrimonio e non avevo la garanzia mi avrebbero letto –anzi no, quella l'avevo perché per loro è sempre un'occasione. Remunerativa, intendo. I soldi li avevo ma non mi andava di farmi prendere in giro: avevo possibilità recluse ad altri, e di questo sarò sempre grato a Thompson. Era sulla risposta che non potevo essere certo: vige il silenzio dissenso, nel campo; e è raro ricevere consigli, sia se si è giovani che vecchi, perché la pioggia cade sui giusti come sugli empi, e qui di pioggia ne cade molta a fare fango; per rallentare le proposte, che sono troppe.

Difficilmente i giovani migliorano, in questo modo: nell'industria o si è prodigi o si è prodighi. Allora, per ripararsi, in molti cercano riparo in case vicine agli editori, così da bagnarsi il meno possibile al momento di uscire. Chiaramente abitare lì ha un costo, ma in cambio si ricevono lezioni, e magari un buon ombrello –ecco, questa è una cosa che mi fa perdere le staffe; come quando la gente ti fa dire le cose due volte dopo aver capito già alla prima. A me infatti, venuto dal nulla, al massimo avrebbero detto:

"Devi lavorarci un po' su"; e allora avrei saputo che tagliavano corto, e che non l'avevano letto il romanzo, mentre in realtà era buono.

Se poi si teneva conto della mia età, potevo star certo di non attirare nessuno! Qualsiasi editore avrebbe preferito a me la parsimonia dei risparmiatori più anziani, che non necessitavano di garanti e potevano mostrare una qualche busta paga. Altra fortuna che avevo era di avere il *Quidnunc* alle spalle e l'opzione di rinnovo, che però non parlava di romanzi ma solo di racconti; perciò non potevo uscirmene così, con tante pagine.

La soluzione era nella forma: vestendo la storia diversamente potevo mascherarla con i gusti dei lettori e gli editori, troppo presi dal parlare per leggere. Mi serviva solo il soprabito giusto con cui coprirmi.

Prima di tutto, tagliai la stoffa in eccesso, riuscendo quasi a sentire mia madre che criticava i miei periodi troppo articolati e le figure. Avevo il *Magistro* su una spalla e lei sull'altra che sussurravano:

"Di' di meno per dire di più", aiutandomi in quella maturazione del mio stile.

Per comodità, accorpavo periodi indipendenti in capoversi unici, per spender meno. Non mi restava che nascondere ciò che desideravo dire, perché farlo direttamente era sgarbato, mentre alludere, chissà perché, costa di meno. Dunque non è il concetto il punto ma il come venga mostrato: quasi mi deluse, lo scoprirlo. Era una grande ipocrisia! Non dovevo esagerare: tutto sarebbe passato per l'insoddisfazione –interruppi spesso la storia per riprenderla in seguito, sciogliendo la matassa di tensione per non far accadere nulla di troppo grave tutt'assieme, se non nel finale, dove potevo permettermi di lasciare questioni in sospeso.

Solo quando mi sentii pronto davvero risposi alle telefonate del *Quidnunc*.

Per conto del giornale mi telefonò una segretaria dalla voce forzata, cui mi sembrava pesasse il poter dire solo le cose altrui e mai le proprie.

Mi invitò a discutere del rinnovo e mi presentai all'incontro come se la mia vita dipendesse da quello, armato di tutte le risposte. Erano presenti gli editor e il proprietario, che continuava a considerarmi un figlio del Flibberty, e a parlarmene.

"Ci sei mancato agli incontri!" Mi ripeteva, battendomi una mano sulla spalla con confidenza nonostante ci fossimo visti solo una volta.

Quello che presentai loro non fu un romanzo ma una storia a puntate: l'idea piacque; forse perché faceva spendere meno, nel complesso. E così il vecchio urlò:

"Grande idea!", e bastò un cenno del capo per farmi accettare nella sezione del quotidiano dedicata alla narrativa –molto più vera di tutti gli altri articoli. Finalmente emersi, e respirai.

Mi cambiarono contratto, trasformandolo in una collaborazione a lungo termine. Richiesi il 20% e ci accordammo per il 15%; con un rinnovo che il proprietario volle garantirmi a tutti i costi.

"È figlio del Flibberty!" Gridava per vantarsene; e il sorriso mi copriva tutto.

Ricordo ancora il giorno in cui, tre settimane dopo, vidi su carta stampata la primissima parte di quella storia: mi riempii di orgoglio, e non feci che dire:

"Spero mia madre lo legga, spero mia madre lo legga"; ripetendolo due volte, perché stavo diventando come loro.

Sapevo che mia madre non l'avrebbe fatto. Le inviai anche una copia: non le sarebbe mai arrivata.

La storia suscitò un interesse grandioso: nella zona nord di Blabbermouth la lessero praticamente tutti, ma anche più a sud, verso Jargon East e Snuffle Pick, quartieri che non avevamo contato di raggiungere ma in cui invece la domanda fu forte. Ne volevano tutti di più, e mentre il romanzo si esauriva sempre più persone ne parlavano, parlando di me; guadagnandoci in fama, che poi è fortuna. Naturalmente non era abbastanza: nonostante Blabbermouth divorasse le mie parole, non potevo sperare di viverci. Ero ancora un piccolo scrittore senza nome, e con molte parole. Quella era, semmai, una piacevole bonaccia economica che mi sentii in dovere di sfruttare reinvestendo le entrate in un progetto che desideravo realizzare da tempo. In fondo, parlare del ghetto era ancora la cosa che mi venisse più spontanea al mondo, nonostante non avessi nessuno con cui farlo. E lo è tutt'ora dato che, dando un prezzo ai sentimenti di un tempo, mi riemergono continuamente alla mente le storie, e i volti, che non sono mai riuscito a mandare via; staccandomi da quei ricordi avvinghiati al mio cuore. Scrissi di quello, in quel periodo; dedicando una frasetta a ciascun abitante di *St.* per raccontarne la vita taciuta, consumata in silenzio tra i vicoli muti di Speechlesstown; così da dare forma e dimensione a tutte quelle persone che in silenzio e nel silenzio muoiono, prive di corpo, e di peso; quasi non fossero mai nate affatto.

Era qualcosa di grosso: un progetto ambizioso, che però non mi spaventava affrontare –avrebbe sconvolto le cose, me lo sentivo. Certo, avrei avuto bisogno di fortuna, ma se questo o quel contatto mi avessero aiutato… chissà! Era un rischio, perché velatamente parlavo di cose controverse: volevo farlo però; ambivo a cambiare l'idea delle persone sul nostro sistema. Se ne sarebbe parlato a lungo, me lo sentivo; forse perché l'ambizione non riconosce nemmeno il cielo, a volte.

Ed io volavo alto coi miei sogni.

Intenzionato a proporglielo, delineai al proprietario del *Liberal* un quadro generale del progetto –quella notte stessa ricevetti una telefonata.

"Lei è lo scrittore che stavamo cercando!" Esordì la voce alla cornetta, forse figlia del sogno che aveva interrotto.

Pensai a uno scherzo costoso, ma a chiamarmi era davvero una casa editrice intenzionata a propormi un contratto: solo, non ricordavo di averne parlato a qualcuno fuori dal giornale.

"Come avete fatto a leggermi?" Domandai.

"Noi leggiamo tutti, sempre"

"E a contattarmi?"

"Noi arriviamo a tutti, sempre".

Poi la voce mi elencò i punti salienti dell'offerta e il discorso fu talmente veloce da non farmi cogliere nulla. Sembrava un messaggio preregistrato che paradossalmente mi presentava un editore professionale, presente, amico. Prodigo, soprattutto. Pensai fosse colpa del sonno ma oggi so che fanno tutti così per confondere. Ero diventato una balena?

"Lei per noi sarà la voce della sua generazione!" Mi disse per adularmi.

Quante volte è stata detta questa frase? Tutti gli scrittori vogliono sentirselo dire, e *io* non ero da meno. Un po' mi feci prendere dalle lusinghe, lo ammetto: volli sapere di più, perché non mi bastava –colto il mio interesse perciò, la voce sibilò:

"Venga a presentarci la sua idea: non spenderà nulla, se non vorrà".

Titubai ma assentii lo stesso perché volevo vederci chiaro.

Mi vennero forniti i dettagli dell'incontro (indirizzo, orario, abbigliamento), venendo esortato alla puntualità.

"Per qualsiasi dubbio," Aggiunse alla fine: "le lascio il mio contatto personale, così che mi possa cercare in qualunque momento: noi lavoriamo sempre", mi assicurò.

Lo avevo notato.

Solo allora mi resi conto di non ricordare il nome dell'editore –ma me lo aveva detto?

"*GoG*" Ribatté, attaccando.

12.

Emersa dalle rovine dell'editoria, la *Grant of Goliath* -o *GoG*, come l'aveva chiamata la voce- era la casa editrice del momento.

Nata dalla fusione tra la *Freedom of Speech* e la *Free Press*, la *GoG* si era immediatamente imposta come leader nel settore. In verità sembrava che ogni casa editrice del paese vi stesse convogliando, dando vita a un titano editoriale mai visto: a un monopolio frutto di accordi siglati in silenzio ma discussi a lungo. Qualcosa di più grande di noi e di ciò che potremmo dire, e che lo stato fingerebbe comunque di non sentire, per una volta: perché se il primo matrimonio turbò il mercato, tutti gli altri lo allarmarono; nell'indifferenza generale, che era forzata. E allora i più codardi si sottomisero alla *GoG* mentre i coraggiosi persero il coraggio a poco a poco insieme alle proprie quote –arraffate a destra e manca nella fuga.

Se questo emergeva, ciò che restava sepolto non poteva che essere tremendo, e ben presto mi pentii d'aver accettato l'incontro: avevo un pessimo presentimento, anche se diedi la colpa alla verginità della penna; quella paura di pubblicare che porta a paranoie simili a quelle sul primo amore, che si rimanda temendo di far

troppo rumore, o nessuno affatto. Allora si guarda a
ciò che si è fatto con occhio ipercritico, dicendo:

"Potevo scrivere meglio", o cose così –ma non è
perfezionismo: è solamente paura; insicurezza nei
propri mezzi, quasi fossimo davvero quel difetto che
notiamo, o quell'errore di battitura che di noi non dice
molto, se non che eravamo soli, e quindi fieri.

Alcuni si attaccano a queste cose, è vero: se lo fanno, però, è per attaccarci a prescindere; quindi se non
fosse quello il problema, ne creerebbero uno loro, tra-
vasando le nostre affermazioni, furbescamente.

Spaventati, ci si chiede poi:

"Ma è quello giusto?", ricevendo la proposta; o:

"Sono pronto?", leggendo il romanzo un'altra volta; consumandolo mentre ci si consuma a poco a poco,
perdendo la spontaneità, e la gioia di quel momento
eterno.

Per una serie di disavventure, il giorno dell'incontro finii per presentarmi in leggerissimo ritardo, arrivando alla sede della *Grant of Goliath* in Paper Street a
cancelli già aperti. Forse, quei guai fui io a crearmeli,
per sabotarmi. Non ricordo nemmeno perché accadde! Quello che mi trovai di fronte, comunque, fu un
grattacielo pauroso: forse il più alto che avessi mai visto; sorto dalla sera alla mattina nel cuore del quartiere
commerciale e simile a una torre d'avorio che collega
gli uomini a Dio. Nessuna finestra: solo un immenso
portone, alto forse cinque o sei piani in cima a una sca-
linata di marmo splendente.

Come potevo non averlo mai visto? Abitavo a Blabbermouth da cinque anni e non ne avevo mai scorto la
vetta, o sentito i lavori.

Mentre salivo le scale, venni superato da due ragazzi sudati. Correvano con dei fogli sottobraccio, e uno urlò:

"Mi hanno letto! Sono piaciuto!", mentre l'altro:

"Sbrigati! Leggono tutti, sempre!", saltando tre gradini per volta

Rapito dalla vista, non mi ero reso conto delle persone che accorrevano: una folla incredibile raggiungeva il palazzo, e una massa indistinta lo riempiva. Stimai ci fossero all'incirca ottocento persone, tra quelle che entravano e quelle che erano già accalcate all'interno –tutti scrittori, naturalmente. Nemmeno lo immaginavo ce ne fossero tanti, in circolazione! È incredibile come l'offerta si inclini alla domanda, a volte: evidentemente, l'invito della *GoG* ne aveva fatti nascere di nuovi, come la pioggia fa coi funghi in una notte. Accelerai il passo anche *io*, raggiungendo il portone con alcuni capitoli del nuovo romanzo sotto braccio –arrivai col fiatone ma ne valse la pena: quando riuscii a entrare, lo spettacolo di quella costruzione mi ammutolii. Non esiste nulla di simile al mondo: ve lo assicuro. Il palazzo era cavo come una torre che si scala girando per la circonferenza aggrappati a gradoni di vetro che cadono sul vuoto centrale, che lì era di dimensioni inaudite. Tale spazio era suddiviso in sezioni, tra: Fantasy, Fiabe, Fantascienza, Fumetto, Saggistica, Erotica, Gialli, Racconti, come un mercato; e sotto ciascuna sezione era riportato l'andamento recente, le previsioni, gli indici di rialzo e di ribasso e i dati trimestrali sempre aggiornati.

Rimasi a bocca aperta: in quel grande salone che mi faceva sentire un nonnulla, ogni scrittore si muoveva come un fulmine impazzito; apparendo e scomparendo come un lampo, tra grida che si trasformavano in tuoni in quell'acustica. Si presagiva tempesta; e a ben guardare, per come si ordinavano, si potevano distinguere gli scrittori esperti da quelli emergenti. I primi avevano l'aspirazione di arricchirsi; i primi, la presunzione di arricchire.

Sovraeccitati, alcuni andavano in bagno a inalare, per prepararsi. Non mi fermai. Rimasi nel centro, stordito. Volevo osservare e capire, ma ricordo che una campana suonò e da quel momento non compresi più nulla.

"*Grant of Goliath*, lo diremo per voi".

All'avvio delle transazioni scoppiò un uragano: tutti incominciarono a urlare alla rinfusa, nel tentativo di imporsi il più rumorosamente possibile sbracciando parole ed agitandole al vento per attirare l'attenzione generale; proponendo trame, recitando periodi –comprando, vendendo. Nei fui rapito: era la furia dell'economia nella sua grandiosità! Più la domanda cresceva, più i titoli erano in aumento; con gli scrittori che, presi dalla foga del guadagno, investivano in storie sino a indebitarsi. La Narrativa saliva mentre la Poesia andava a picco; per questo buttavo sempre uno sguardo alle quotazioni: l'entusiasmo era alto, e la borsa guadagnava moltissimo.

"Vendi?" Mi domandavano alcuni, strattonandomi.

Fui l'unico a non investire, e ciò mi rese ricercato alle loro orecchie. Lo è anche la ragazza che nessuno riesce a conquistare, all'inizio; prima di essere odiata. Freeman mi ripeteva spessissimo come il Pubblico provi a imporsi con l'indifferenza:

"Se non noterà una reazione però,", aggiungeva alla fine: "inizierà a interessarsi, affascinato".

Venni scelto anche per questo: per quell'indifferenza che era perplessità, ma che catturava attenzione.

Non si visse la riluttanza della depressione quel giorno: si chiuse in rialzo, spinti dall'euforia. Il tutto non durò che due ore e quando la campana suonò nuovamente, le grida che avevano riempito la torre si diramarono, e la quiete tornò. Era la nuova editoria: una borsa spietata pronta a mettere gli scrittori in competizione diretta, per il guadagno delle agenzie. Un gioco dei sentimenti cui tutti sembravano entusiasti: convinti, forse, di poter scrivere di più in quel modo.

Gli scrittori andavano via a bocca piena: alcuni non ce l'avevano fatta, altri erano diventati best-seller.

Confermando la teoria, in parecchi mi domandarono:

"Venderai qualcosa domani?", ma *io* non rispondevo e la cosa li faceva morire.

Mi decisi a uscire solamente quando tutti gli altri ebbero sgomberato la torre: mi sentivo un po' triste, non so perché.

Sul punto di passare il portone venni chiamato per nome.

A cercarmi erano sei uomini vestiti di nero; rispettabili, facoltosi –avevano tutti una certa età e si muovevano in gruppo, coordinati.

"Non vada, la prego!" Aggiunse il più smunto di loro, che era anche il più ricco; consumato dalle parole come uno spettro.

Spiazzato, domandai:

"Chi siete? Come conoscete il mio nome?"

"Noi conosciamo tutti, sempre!" Dissero a un'unica voce, spaventandomi.

"L'abbiamo studiata con grande attenzione!" Riprese il più magro: "Ci è piaciuto come ha attirato l'interesse di tutti".

Ringraziai, ma non spiegai le mie ragioni.

"Anche noi siamo molto interessati a lei!" Mi confessò quello; ma *io*:

"Chi siete?", domandai di nuovo.

"Siamo i membri del consiglio amministrativo della *GoG*: gli uomini più potenti del mercato editoriale".

Erano tutti politici e economisti di grandissima fama, di cui non riporterò i nomi: nessuno faceva parte del Flibberty perché ognuno di loro era più grande del Flibberty. Ovviamente non erano scrittori, perché di arte non ci capivano nulla. La stampa e l'antitrust non erano a conoscenza del loro coinvolgimento nel progetto: inoltre, erano anni che non si mostravano in pubblico; rintanati nel grattacielo d'avorio che li teneva innalzati dal mondo concreto.

Non strinsi loro la mano perché non l'avevano: le parole li avevano consumati a tal punto da renderli flebili come un soffio di vento o come un filo di voce, cui si sosteneva una pelle che era di seta, pallida e fine sul corpo. Tornando a chiamarmi per nome per far pesare la differenza sociale che c'era tra noi, lo spettro mi invitò a seguirli:

"Salga!", mi disse: "Ci segua".

Non potei rifiutare perché non me ne diedero modo: attraversai con loro il grande salone accanto al loro Re, e venni condotto verso la rampa di vetro che ascendeva sino alla cima tra spirali vorticose.

"Lei è un genio!" Dicevano, ma avevo imparato a non dar peso ai complimenti perché il prezzo lo paga chi li riceve, non chi li fa.

Mi parlarono di moltissime cose nel tempo di quella mistica ascesa, raccontandomi del loro passato, della nascita della Grant of Goliath e dei progetti in serbo per me. Quanto amavano la propria voce! Pronunciavano ogni parola in un amplesso. Del canto mio non dissi molto, specie perché mi disorientava l'idea di parlare a uomini che erano voci.

"Lei è lo scrittore che stiamo cercando!" Ripetevano, mettendomi la pulce nell'orecchio.

Sapevano quel che dicevano, era chiarissimo: non avevo mai udito una simile proprietà di linguaggio. Erano stati qualcosa, un tempo –forse anche uomini; più interessati alla storia però che alle storie.

"Cosa volete da me?"

"Semplice:" Mi rispose il loro Re, guardandomi senza battere ciglio: "quello che sei!"

"*Io* non sono nessuno"

"Lei è Speechlesstown!" Dissero in coro, e allora mi fu chiara ogni cosa.

A più voci portarono avanti un unico discorso:

"Quello dei quartieri a sud è un mercato che non riusciamo a conquistare!"

"Troppo riluttante nelle spese!"

"Se avessimo uno di loro, però: uno che ce l'ha fatta, e si rivolge ai poveracci".

Dunque ero solo un ponte verso *St.*, ai loro occhi: un'opportunità finanziaria; l'investimento perfetto per raggiungere nuovi mercati.

"Aprirete la borsa anche a loro?" Domandai.

"L'apriremo a tutta la Lingua: non solo agli scrittori!".

Avrebbero operato una trasformazione nell'economia del linguaggio, dominando i concetti. Per riuscirci avevano già stretto un accordo con la *BCB*; la *Babel*

Central Bank, o Lingua Centrale. Me lo confessarono senza bisogno di insistere.

"E siamo già pronti a farla crollare!" Mi rivelò il loro Re, soddisfatto.

"Perché?" Domandai ingenuamente.

"Perché le parole stanno nella costruzione!"

"E chi resterà sepolto?"

"Griderà aiuto, e noi lo ascolteremo!".

Mi mise i brividi il modo asettico col quale parlava di manipolare la Lingua per interessi personali, nella più assoluta indifferenza per la gente comune; poco più che cifre ai loro occhi. Sarei voluto tornare a casa ma più restavo più perdevo di vista Speechlesstown e il peso specifico delle espressioni che avevo imparato a misurare nel terrore del *Magistro*; avendo ogni parola un prezzo e, ancor più importante, un valore. Stavo svendendo il ghetto? Allontanandomi da *St.* era come se mi stessi avvicinando al loro regno; perdendo anch'*io* il cuore e il corpo come quei mostri fatti di voce; abitanti delle nuvole orrende.

Quando finalmente me ne resi conto mi bloccai: non mossi più un passo.

La nostra ascesa alla vetta era quasi conclusa: dinanzi mi si apriva l'ingresso dell'ultimo piano, più alto del cielo –lo capii e non volli proseguire per questo.

"Che fai?" Mi chiesero, divertiti.

Non risposi.

"Sbrigati!" Mi esortò il loro Re: "Dobbiamo pubblicare il tuo libro!", cercando di persuadermi.

Erano convinti che fosse la cosa più importante per me, ma si sbagliavano. Pubblicare era sì un mio desiderio grandissimo, ma il più grande era raccontare me e gli altri a modo mio, ascoltando solamente il

Magistro; perché parte di me. Non era Speechlesstown a dovermi sentire parlare del mondo, ma il mondo a dover conoscere la realtà di Speechlesstown. Se avessi mosso un passo invece, avrei venduto quell'*io* che mi ero con difficoltà costruito: uno ancora, uno soltanto. Mi bloccò quell'idea e il ricordo di mia madre: me e lei da soli, nella mia stanza –unica luce una torcia e il suo viso splendente, giovane ancora; disteso, fintanto che si poteva permettere di parlare con me...

Mi salvai grazie a lui. Mi salvai grazie a lei.

"Diventerai un grande scrittore, se ci ascolterai!" Tornò a dirmi la voce, infastidita dall'attesa.

"La voce della tua generazione!".

Li guardai uno ad uno, attentamente: c'era così poco in loro, in realtà.

"E chi sa, magari in futuro si troverà una sedia per te nel consiglio!".

Erano privi di quell'àncora che è il cuore per le cose –leggeri, perciò: leggeri, mentre *io* mi sentivo pesante.

"Dove vai? Dove scappi?".

Corsi via senza nemmeno voltarmi! Gettai il manoscritto, che planò nel salone mentre le voci gridavano aspramente, minacciando la mia discesa.

"Siamo gli unici a esistere! Non puoi scappare!".

Eppure lo stavo facendo. E ne ero felice.

13.

Tornai a casa a piedi e camminare mi aiutò.

Dopo un primo momento in cui mi sentii perso, provai a ragionare: data l'influenza di quegli spettri, non mi avrebbe pubblicato nessun'altra casa editrice del paese; sempre che ne esistessero ancora. Che fare della mia idea, allora? Recuperata la calma, mi stupii della lucidità che dimostrai –non decisi di getto, nonostante fossi nell'età in cui è la pancia a prendere le decisioni per la testa. Valutai tutte le possibilità, e la più concreta era il *Liberal*.

Rientrato a casa, telefonai al vecchio, che mi stimava –nel nostro ultimo incontro si era detto interessato al progetto, avendo apprezzato la mia professionalità e la fame: a livello di vendite, quel primo esperimento aveva funzionato, quindi era nell'interesse di tutti continuare a lavorare insieme, no? Almeno così pensavo.

Non mi rispose nemmeno.

Finsi di non essere agitato –perché avrei dovuto? Prima o poi lo avrebbe fatto, e sapevo di avere la sua stima. Dopo tante belle parole, non avevo motivo di tremare. Più telefonavo però, più venivo respinto.

Non mi arresi. Il *Liberal* era solamente una delle

frecce nella mia faretra. Non mi volevano? Peggio per loro! Per anni avevo incontrato broker, giornalisti e editori che mi avevano rivolto parole di stima. Per un periodo era sembrato quasi non si potesse programmare il futuro senza di me! E siccome tutti mi avevano lasciato i loro numeri, incominciai a scoccare telefonate a raffica. Squillando, tuttavia, sempre a vuoto.

Erano state le voci: mi avevano tagliato ogni risorsa. In più, la controversia del mio lavoro aveva fatto sì che si ripudiasse l'idea di lavorare con me, troppo giovane e perciò inflessibile. Da lì in avanti, editori e direttori mi avrebbero ignorato –era finita.

Quando me ne resi conto, mi accasciai contro la porta, precipitando dall'altezza delle mie illusioni. L'appartamento mi sembrò molto più piccolo, e anche il mondo. Certo, avevo ancora l'eredità di Thompson, ma per quanto sarebbe durata? Soprattutto, non volevo vivere una vita intera da mantenuto, e solo.

Fu un colpo durissimo e le cose non fecero che peggiorare visto che il mio nome sparì dalla circolazione, e per Blabbermouth fu come se non fossi mai nato. Tutti i miei investimenti si svalutarono mentre una voce continuava a dirmi:

"Se non ti avremo noi, non ti avrà nessuno!", non avendo a quel tempo i fondi per autopubblicare.

Non potevo sconfiggere da solo quel gigante, e allora pensavo costantemente al peggio. Non vedevo altra soluzione: era inutile armarmi per una guerra che non potevo vincere. Ero solo, e forse sarei dovuto tornare a *St.* come quel negoziante senza nome; avendo sprecato anch'io i miei anni migliori dietro un'illusione e il mio ego.

In quello stato, passai mesi di totale solitudine –non

uscivo mai; non cercavo nessuno. Mi sembrava tutto nero, e era come se non avessi più nulla: in primis uno scopo, e quella era la cosa più dolorosa di tutte; più della sensazione di strangolamento che il piangere in silenzio mi provocava. Smisi anche di credere al mio stesso lavoro, che non mi pareva più un granché. Come avvoltoi, le voci aspettavano cedessi: *io* però ero come il ghetto –fiero. Se non alle mie regole, non avrei pubblicato affatto: non una parola in più, non una in meno. E così, il tempo passava e la cosa li agitava sempre di più: qualcosa doveva cambiare.

Fu un periodo di totale desolazione per me: se avessi cose interessanti da raccontare lo farei, ma credo che vissi nella depressione per me solo, in un pozzo personale da cui non uscivo mi, per vergogna. Meglio risparmiare sui dettagli.

Eppure una mattina qualunque sentii bussare alla mia porta. Trasalii perché non veniva mai nessuno a cercarmi, così sperai fosse mia madre e invece:

"È lei lo scrittore?", mi domandò una donna dall'aspetto fiero, minuta e sottile, che mi sembrava di non conoscere per nulla.

"Lo sono?" Risposi io, spiazzato.

Mi strinse la mano e poi mi chiese il permesso di entrare:

"Posso?"

"Prego", risposi io; e di nuovo:

"Posso?"

"Prego"

"Posso?"

"Prego", per la terza volta, ripetendolo.

Doveva essere ricca davvero.

Solo a quel punto, trovando da sola la strada per

il salotto, entrò a cuor leggero, e sedutasi comoda mi ordinò una tazza di thè dicendomi:

"Piacere, Mrs. Slobe –avrei una proposta da farle".

Sempre composta nel suo buffo atteggiarsi, quella donna appariva come un'elegante cinquantenne che l'età avesse reso saggia ma non dolce ancora –fiera ma non flessibile ancora. Lì per lì mi confuse: avendo frequentato un minimo gli ambienti bene, non potevo non riconoscere in lei il fulcro attorno al quale ruotasse la vita mondana delle colline, essendo la fondatrice e presidentessa del solo club del libro di Blabbermouth nord: appunto, *il club del libro di Mrs. Slobe*. Che avesse sbagliato casa? Quella donna era una celebrità: aveva scoperto centinaia di autori, accumulando una grande fortuna. Il suo logo, che mi parve adattissimo, era la testa di un Davide che senza paura guarda più in alto di sé, verso il potere, sfidandolo.

Aggiunse:

"Vorrei presentare le tue storie nel mio club del libro, dato che ritengo possano interessare moltissimo".

Ne rimasi esterrefatto: non trovai nulla nel suo aspetto che ne mostrasse il carisma, ve lo posso assicurare; e nulla che ne trasmettesse il genio, che era immenso. Pur avendo avuto fortuna nei suoi inizi, essendosi trovata sulla riga giusta della pagina esatta per puro caso; Mrs. Slobe era una manager spietata che si era fatta da sola, conquistando il pubblico grazie a un giudizio infallibile –se mi voleva, qualcosa valevo!

"Ho bisogno di trovare una novità, e per me tu lo sei".

Solo per gli uomini e il loro aspetto non aveva un gran gusto: si capiva dalle foto dei quattro ex mariti che portava sempre con sé. Negli uomini notava la lingua, unica appendice che le interessasse davvero, a quanto diceva. Non riuscivo a crederci eppure era vero: non ne sposò nessuno per le parole: furono loro, piuttosto, a provarci; inutilmente. Aggrinzita una lingua, ne trovava una nuova: e così anche per gli scrittori che periodicamente scopriva, consumava e buttava. Sarei stato tra loro.

Ci sedemmo a discuterne –tutto mi sarei aspettato eccetto una proposta così diretta! Era accompagnata da due ometti: un notaio e un avvocato, a giudicare dalla pappagorgia che in natura ha l'utilità d'immagazzinare aria per non doverne ispirare durante le arringhe; come le gobbe dei dromedari nel deserto per l'acqua. La loro presenza dimostrava facesse sul serio ma io pretesi garanzie. In risposta, quella mi raccontò di aver scoperto il mio lavoro come avevano fatto tutti: dal *Quidnunc*; anche se a differenza degli altri non si era accontentata della storia ma si era interessata allo scrittore.

"Mi sono chiesta: *Chi ha pensato queste storie*, e: *quante altre storie potrebbe creare?*".

Nel mio esercizio delle giuste parole e dei periodi da ghetto aveva scorto potenzialità che nessuno aveva intravisto; qualità da ricercare non nella persona (come tutti gli altri editori e la *GoG*) ma nella prosa, che esercitava un grande potere sulle parole con le parole nella maniera in cui solamente chi aveva dovuto combattere per conquistarle poteva sfoggiare. O almeno così disse.

"Perché proprio adesso e non prima?" Chiesi io, sospettoso.

"Perché prima si parlava troppo di te, e non conveniva. Ora le voci sul tuo conto solo al minimo, e mi fa gioco".

Dovevo dargliene atto: aveva studiato le carte.

"E la *GoG*?" Domandai, abbassando la guardia.

"È diventata l'unica casa editrice del mondo," Mi disse: "ma una grande fetta delle loro entrate viene dalle Hills: non si intrometteranno".

Aveva calcolato tutto, a quanto diceva, anche se a me non suonava chiarissimo il discorso.

"E lei cosa vuole da me?"

"Il tuo romanzo sui poveri" Mi rispose.

"Come lo conosce?".

A questo non rispose.

"Non è importante," Mi disse; e a quel punto il notaio mi porse un enorme contratto.

Ne rimasi stizzito, ma esitai non appena mi fui reso conto del valore di quel volume –doveva esserle costato un patrimonio, perciò era evidente che puntasse su di me. Le ragioni e le modalità non erano importanti, pensai. Era solo un altro mezzo per arrivare, no? Ovviamente no, mi sbagliavo: ogni scelta è importante e quando pensiamo di poter usare una persona, probabilmente è quella che sta usando noi. Come potevo immaginare che anche Mrs. Slobe lavorasse per la *GoG*? Tutti gli indizi portavano a loro, ma evidentemente non volevo seguirli. Erano loro i più grandi finanziatori del club del libro; erano loro i padroni del marcato. Davide e Golia erano stati nemici solamente di facciata, mentre in segreto condividevano conti *Offword*.

"Firma e il tuo romanzo andrà in stampa: ti assicuro il successo!" Mi disse il diavolo; ma non avendo idea di cosa dire, fare o pensare, mi limitai a aspettare.

Combattuto, rilessi per l'ennesima volta la sezione

riguardante le letture, gli incontri, i dibattiti, le presentazioni, i talk show, le interviste, gli speciali tv. Sembrava tutto troppo perfetto. Per convincermi, l'avvocato mi spiegò che *il club del libro di Mrs. Slobe* -e non lei in persona- si impegnava nella pubblicazione del mio romanzo (e di eventuali romanzi futuri) in cambio dei diritti esclusivi di distribuzione e di organizzazione degli eventi; oltre al sessanta percento degli incassi derivanti dalla vendita del libro e dei biglietti. Non capendoci molto, scioccamente pensai di telefonare al notaio Farrell, al quale faxai una copia del contratto a spese di Mrs. Slobe. Non conoscevo avvocati, e sbagliai a fidarmi di quello. L'ometto infatti non le propose cambiamenti ma solamente consulenze mensili, per guadagnarci su. Venni messo in mezzo, praticamente –capitemi però: che alternative avevo? Volevo che la mia vita cambiasse: magari non a costo di cambiare il mio romanzo, ma me stesso sì.

È così che il diavolo lavora. Quindi firmai.

Il colore densissimo della penna, simile a sangue raggrumato, si addensò nella lunghezza dell'unica lettera del mio nome; e quel sigillo spalancò nuovi mondi. In pegno, consegnai il manoscritto completo; barattandolo per il successo; scambiando Speechlesstown con il successo.

Non sarebbe stato terribilmente teatrale se, alzata la penna dal foglio, il pavimento si fosse spalancato e l'inferno mi avesse afferrato? In fondo, quello era accaduto: peccato che nel mio paese l'inferno sia in cielo e non nel fuoco.

Sentii da subito che la mia vita non sarebbe stata più la stessa. Qualcosa di grande era iniziato e non immaginavo quanto. Non appena furono usciti e ebbi chiuso la porta, comunque, crollai contro il battente, tornando finalmente a respirare. Nei giorni a seguire lavorammo sul mio aspetto.

Venni condotto in studi medici affiliati al club del libro di Mrs. Slobe nei quali specialisti di branche mediche differenti controllarono il mio stato di salute –o meglio: l'apparenza del mio stato di salute, dato che prestarono attenzione al benessere che il mio corpo dimostrava più che a quello di cui godeva. Erano estetisti della salute, e il primo a intervenire fu un dentista che mi sbiancò i denti, la laringe e il palato, scrostando decenni d'aria inquinata di *St.*; poi un pneumologo che decise di aprirmi i bronchi e, siccome si trovava di passaggio, mi accordò le corde vocali allentate dal tempo; in un altro studio, alla fine, due chirurghi plastici fecero diversi aggiustamenti: mi restrinsero le narici, sgonfiarono le labbra e sbiancarono l'ombra –in quegli ambienti nulla di troppo scuro è ben accetto.

Mrs. Slobe stava lavorando in grande, investendo moltissimo: bisogna spendere belle parole per guadagnarne. Nel frattempo lavoravo al testo, sistemandolo come potevo il più in fretta possibile. Facevo tutto da solo, perché le avevo fatto capire che non avrei accettato alcun aiuto. Su questo non fece storie. Terminata quella fase, si passò a trattamenti motori che mi portarono a limare le mie gestualità, ritenute eccessive –retaggio di una giovinezza nel ghetto. Non potevo essere solo uno scrittore: dovevo diventare una celebrità, secondo Slobe. Solo poi si lavorò sul linguaggio: dovevo mangiare più parole, mi dissero i logopedisti; dire con cinque quello che avrei detto con una. Domandai loro se fossi realmente *io* quello cui erano interessati: risero, fraintendendomi; e poiché la comicità era un ottimo modo per vendere, ero pronto. Non ne avevo mai fatte prima, di battute: la mia scalata poteva incominciare.

Appena fu pronto, mi mostrarono il romanzo –mi riempii d'orgoglio! Il volume era leggero, borghese nel prezzo; la copertina nascondeva un segreto impenetrabile, come le notti a Speechlesstown. Mi faceva tornare in mente qualcosa della mia infanzia. Perso, e lontano. Spiccava un piccolo adesivo color verde acqua, della forma di una nuvoletta al cui interno era tratteggiato il logo del club del libro a consigliare la lettura. Ne chiesi la ragione.

"È nel contratto" Mi rispose Mrs. Slobe, e alla fine si rivelò utilissimo, perché acquistarono il libro solo per l'adesivo: marchio di garanzia.

Ricordo ancora la paura che mi assalì la notte della mia primissima presentazione: dormii sì e no un paio d'ore –non mi fidavo abbastanza di Mrs. Slobe ma sbagliavo: tutto andò bene, perché così doveva essere.

Esistono due tipi di successo: uno che si conquista da soli, e che quindi è lento e sofferto, ma rimane; e uno che gli altri conquistano per te e che perciò non ti appartiene, appartenendo al guadagno. Il mio fu il secondo, perché la mia celebrità si rivelò istantanea, grazie a Slobe. Oggi sto lavorando per riconquistarmi il primo, ma è dura: quegli istanti di luce mi hanno abbagliato a tal punto che a volte mi sento cieco. O forse sono le persone a essere cieche nei miei confronti, ormai; perché ho brillato troppo. Quasi mi sembra di aver ricominciato tutto, cancellando anni di fatica. C'erano in ballo troppi interessi economici all'epoca, perché fallissi. Arte e guadagno spesso coincidono, quindi non c'è da stupirsi di cosa organizzarono per me. Presentavo ogni giorno e giravo tutti i sottoscala di

West Wuthering, i pub di South Newsmonger, i caffè di Saint-Blaise –non dicevo molto; solo il mio nome e quello di Mrs. Slobe, perché per far sì che fossimo sulla bocca di tutti dovevamo esserlo innanzitutto sulla nostra, nominandoci quando potevamo. Il nome è tutto e entra prima di noi, in una stanza; ancor prima delle nostre azioni, o le opinioni: siamo quello che presentiamo, nella vita. *Io* ero lo scrittore del ghetto.

Il club aveva tantissimi iscritti sulle colline, quindi fu lì che ci concentrammo di più, nonostante le difficoltà di un mondo con più scrittori che lettori. La campagna pubblicitaria fu pazzesca! Cartelloni immensi, réclame radiofoniche, pubblicità: nessuno poteva ignorare il mio nuovo lavoro, e esaurimmo le copie in pochi giorni. Fummo costretti a una ristampa, e poi a una ancora –non ci credevo! In un'estate fui catapultato al successo; così divenni talmente famoso da non aver bisogno di presentarmi, e abbastanza ricco da farlo comunque per ego. Tutti volevano sapere della mia vita nel ghetto, che era un po' un mistero. Nel romanzo raccontavo di Donnie, Rose la pazza e di altri ancora ma non di me, e un approccio così empatico colmò davvero il gap tra quei due mondi, per un po': si fece beneficenza, anche turismo nero. Il mio piccolo mondo si allargò, e in questo ci guadagnai parecchio. Poiché allora il momento era propizio e andava sfruttato, ristampammo quel primo romanzo pubblicato episodicamente sul *Liberal*. Terminò anche quello. Ero il caso editoriale dell'anno.

Parte delle entrate volli devolverle ad enti benefici da destinare al ghetto, e fidandomene sordamente feci in modo che Mrs. Slobe se ne occupasse –a sua volta lei si raccomandò al notaio Farrell, e da quel rapporto ne nacque un quinto matrimonio, cui feci da testimone.

Le parole entravano a volumi, e quello che non davo indietro lo spendevo per me comprando auto rumorose, dizionari e ville. Non avevo mai vissuto in quel modo, quindi sentivo fosse giusto; che lo meritassi, dopo tanta fatica. Viaggiavo moltissimo, potendomelo permettere: studiai la vostra cultura come mai avevo potuto. Eppure con la fama venne il disprezzo: divenni bersaglio di critiche gratuite, essendo al tempo stesso figlio del Flibberty e del club del libro. Per molti non rappresentavo *St.*, dato che non ne avevo né l'aspetto né i modi –non più. Si disse addirittura che non venissi dal ghetto, come Thompson padre! Elegante e istruito com'ero, come potevo essere uscito da Speechlesstown? Ne sfruttavo le disgrazie, dicevano; e stranamente non tornavo mai, perché ricco; anche se in realtà era Mrs. Slobe a impedirmelo, per contratto.

Per tranquillizzarmi, quella mi assicurò fosse normale –significava che avevamo risalto, e imparai a vedere nelle offese un guadagno: in parole, è ovvio, e in attenzione.

Il sogno si realizzò con gli spettacoli di primavera allo stadio di Blabbermouth: più di centomila persone acquistarono i biglietti per ascoltare la lettura dei miei lavori migliori con estratti di vecchi articoli del *Post* e altri inediti, intervallati da artisti emergenti che Mrs. Slobe aveva scoperto e cui voleva dare risalto attraverso di me; il tutto in una scenografia mozzafiato ottenuta attraverso attrezzature di scena e luci che simulavano sul palco il degrado di Speechlesstown, che grazie a me fu in voga –*Ricordi nel Buio*, si chiamava il tour. Ero l'artista di punta del panorama letterario del

paese: all'apice, dopo aver conosciuto l'abisso.
Non mi restava che tornarci.

14.

Arrivati a questo punto, prendiamoci una pausa dagli eventi.

I dettagli del mio successo non sono importanti; né le mie giornate in quegli anni, più o meno uguali nell'eccezionalità: feste, follie, fortuna. Per evitare fraintendimenti piuttosto, mi interessa spiegare il meccanismo alla base dei miei guadagni: cioè il come divenni ricco, che magari non è chiaro.

Nel mio lavoro, tutto dipende dal profitto che si ottiene dal primo investimento; quindi dal numero di copie vendute, su cui si prende una percentuale –oltre alle discussioni, che vanno alimentate. Come nei discorsi di Thompson padre, il segreto dell'arte è dire una cosa intendendone mille: già solo questo spiega molto.

Dietro alla scrittura di un romanzo c'è un lavoro intenso, ma dietro la sua pubblicazione c'è un lavoro nevralgico –allo scrittore spetta l'intuizione, il lavoro quotidiano, il peso dell'arte; all'editore invece la stampa, la distribuzione, la pubblicità: anche se non è detto faccia davvero queste cose di persona, perché le subappalta. Eccezionalmente, se ne può occupare lo scrittore, ma a discapito del proprio manoscritto, o della propria sanità mentale.

Se si è grandi scrittori però, e il proprio nome vende, gli editori (nel mio caso il club del libro) lavorano di più nonostante potrebbero permettersi di lavorare meno –è quando servirebbe più impegno che si tirano indietro: di questo però abbiamo parlato, e anche dell'agenzia delle entrate, che monitora l'uscita dei romanzi come un tempo la censura.

Gli approcci alla scrittura possono essere diversi, ma qui ci si apre un mondo. Una storia può essere dichiarata nel presente o nel passato; venire raccontata da noi o da prestanome; può capitalizzare in descrizioni o in sfoghi interni, e così via. Il tutto è situazionale, e dipende dall'investimento. In questo senso, sono flessibile. Preferisco essere camaleontico nei miei affari: non sono questo o quello, ma ciò che serve per far funzionare questo o quel progetto. A volte può riuscire, a volte no: è l'arte. L'importante è provare ancora, cambiare ancora: come Proteo. Ossessionati dalla materia, voi credete che Proteo sia un Dio che muta forma mentre per noi Proteo muta voce, ed è protettore dei giovani scrittori, che ancora non hanno un proprio stile.

Io ce l'ho, uno stile: e è quello di cambiare.

Naturalmente sono responsabile solo delle parole scritte e non di quelle lette, a carico di chi ne paga l'interpretazione. Le incomprensioni non mi riguardano, soprattutto se vengono strumentalizzate; il che è giusto, visto che non immaginereste in quanti mi chiedano il reso! Secondo loro ho offeso questo, o citato quest'altro che non avevo il diritto di citare, e così via. Purtroppo, stiamo diventando sempre più sensibili, ma è colpa del protagonismo, frutto della fragilità. La notorietà porta indignazione e cause: colpa dell'espo-

Luca Maletta 153

sizione, perché se si è sulle orecchie di tutti è perché si è sulla bocca di qualcuno. Arrivati a questo punto, devo accettarlo.

Eppure l'incomprensione frutta. Le cose chiare vengono apprese alla prima lettura, quelle oscure richiedono cento letture, o cent'anni: il che conviene a tutti! Non a caso, gli editori pubblicano soprattutto libri controversi o incomprensibili, cercando polemica, e quindi entrate. Meglio se siano lunghe, queste opere: così sono più confuse. In questo non sono d'accordo però: un grande investimento è un grande male, il più delle volte. Inoltre, certi scrittori producono opere lunghe e incomprensibili solo per apparire sofisticati: più sembrano controverse, più vendono. Tutte cose che odio: scriverò sempre pensandomi povero.

Dico solo quello che mi serve.

15.

Vista la mia posizione, venni esortato da Mrs. Slobe a studiare quella scienza che, a detta sua, poteva insegnarmi fino a che punto tendere i miei interessi senza violare la giustizia. E così divenni esperto nel diritto, ma solamente perché ero ricco e gli altri ignoranti.

In un paese in cui le parole sono il prezzo, si può calcolare la spesa del diritto? Tra aule di tribunale, giudici di pace, ricorsi e cassazione, la legge è lo strumento attraverso il quale la retorica del torto prevale sulla ragione.

Come per la politica, il sistema è fondato sulla minore partecipazione possibile: tutto è ponderato per scoraggiarne l'entrata o impedirne l'uscita; e ciò attraverso dedali di ordinamenti lunghi e complessi, che studiare costa un occhio e domandare, poi, tutta la testa. Allora vi starete chiedendo: come possono rispettare delle leggi che non conoscono? La risposta è semplice: non avendo leggi –o, almeno: avendone poche; fatte per lo più di consuetudini. È convenzione non uccidere, non rubare e non picchiare: lo è anche vendicarsi, e questo dimostra come nella povertà la società sia violenta, perché il diritto non è mai dei poveri ma diritto di chi può.

La parola ha potere solo nel benessere: dunque non
è poi così potente. Non più di una pistola, che fa molto
più rumore.

Anche l'istruzione è un diritto frutto del benessere, che la trasforma in legge: a Speechlesstown non
l'avevamo. Superato un certo grado non era neanche
obbligatoria. Un grado infimo, intendo. Quanto basta
per poter spendere, ma non abbastanza per costruirsi
un'opinione: su questo non si transige.

Esiste tuttavia un numero enorme di leggi ad per-
sonam. Per impedirne la promulgazione, qualcuno
dovrebbe controllarle, ma nessuno lo fa. Qualsiasi tentativo di scongiurare questa pratica ha fallito, perciò
sono le sole. Anche se spesso, morto il legislatore, ces-
sano di avere utilità.

Ovunque esistano contenziosi ci sono avvocati, e lo
stesso accade qui. Essi sono i depositari della giustizia
come le prostitute lo sono dell'amore, e offrono i propri servizi per affermare i diritti di chi li assume: più
pagano, più diritti hanno. Il costo del falso si chiama
retorica e si paga con l'anima.

Un buon avvocato è un buon oratore, nel mio paese:
non troppo però, perché se lo fosse indubitabilmente
le dispute durerebbero poco, e questo non conviene.
Così, per lucrare il più possibile, tutto viene discusso
per più gradi; che da voi sono tre, mentre da noi innumerevoli.

Non è la giustizia a muovere il diritto: non più di
quanto non siano i fili a muovere i burattini, ma il
burattinaio. Saltano sempre fuori nuove spese: le più
onerose sono i testimoni, la cui testimonianza è a carico di chi ne beneficia, avendola il più delle volte scritta
di proprio pugno.

Capirete perciò che perdere un processo è una tragedia, non per l'umiliazione ma per le spese legali da pagare. È questa la ragione per cui i veri processi non finiscono. Nessuno accetta la sconfitta, e grazie ai ricorsi i soli a guadagnarci sono gli avvocati: primi a trascinare i discorsi, ultimi a mettergli fine.

In questo senso, subire un torto è terribile ma commetterlo di più! È lo stesso sistema legale a far da deterrente contro l'illegalità, che non paga se non si è ricchi.

Abbiamo una costituzione, ma essa è in vigore solamente se la si legge: il che non accade. Neanche un quadro ha valore al buio. Che importanza può avere nel silenzio? Per scongiurarne l'utilizzo la si mantiene in restaurazione costante; mutandola per tenerla al passo coi tempi, nonostante l'umanità non cambi mai.

Ho avuto il piacere di leggerla, una volta: è un'opera meravigliosa; apice del progresso. Peccato che i più non sappiano che esista: non gioverebbe, se non alla giustizia.

Risale a quel periodo un evento curioso: venni citato in giudizio dalla Chiesa.

Se sino ad ora non ne ho parlato non è per avarizia: in verità essa è discreta, nel mio paese; perché avara! Quasi non si nota: resta nascosta e non appena il progresso la minaccia, come un riccio si nasconde nelle proprie idee; acuminate perché astratte.

Basta seguire una funzione per notarlo! Se non mi credete, ben lieto di accompagnarvi. Saremo soli.

Eravamo troppo poveri per non essere fedeli, a Speechlesstown; poi da adulto però non ne ho avuto più la spinta. Anche nella ricchezza comunque è lo stesso. Ci si riavvicina alla Chiesa solo quando non si ha più nessuno con cui parlare: da vecchi, quindi. In giovinezza sentiamo ancora troppo.

Ero abituato al distacco, immagino. Un'anima pulita è un privilegio altolocato, per questo la nostra Chiesa è elitaria, fatta eccezione per quell'ordine che pur di testimoniare Dio si spoglia di ogni parola e quello che pur di spogliarsi di ogni parola testimonia Dio.

Ebbene, dicevo: venni citato in giudizio dalla Chiesa perché nel mio romanzo non avevo dato abbastanza risalto al loro operato nei quartieri poveri come il mio; segno di malafede. Guai a farlo! Se ne può parlar male ma non parlarne non si può. In pratica, ero stato citato per non averli citati. Vi sembrerà banale ma in verità avevo minacciato il sostentamento stesso della Chiesa con quel gesto, che vive più delle lodi che si fa da sé, che di altro. Essa non agisce se non per le parole che le vengono rivolte sotto forma di confessioni o complimenti, reinvestiti nei sermoni con cui lodare la divinità e condannare l'uomo. Sono uomini anche loro, ma lo ricordano solamente quando sbagliano.

È così che la Chiesa ha acquisito un'ariosità incalcolabile. Si dice sia più ricca dello stato; e essendo santa, non è tassata: d'altronde, Dio non ha parole mentre la Chiesa ne ha solo per Dio.

Fui determinato a difendermi da solo: ne avevo le competenze e sapevo che tutto ruotava attorno a una mera confessione, che per non tirarla troppo per le lunghe convenni di donare, chiudendo il caso. Parlai per un'ora con un vescovo: mi sentii più leggero. Sicuramente più povero. Confessai lui i sensi di colpa che provavo, i vari abusi, l'egoismo ed altro. Lui però non disse nulla. Annuì per tutto il tempo e dopo un *Patto di fede* e innumerevoli *Parla per noi* a risarcimento, acconsentì a far cadere la denuncia. Solo dopo, a petto pieno, parlò: ma si rivolgeva in alto, non a me.

Vorremmo tutti sentire la voce di Dio, ogni tanto: capire se siamo soli, se siamo amati. L'esistenza umana potrebbe esser ricondotta a quella voce, capace di renderci più ricchi di qualsiasi discorso terreno. Per ascoltarla, l'uomo ha compiuto prodigi: l'arte, la scienza, il diritto! Il nome di Dio è quello dell'uomo in pace con l'uomo; solo che questa pace nessuno potrà darcela mai: solo la Sua, di voce. Quando ero povero era nel silenzio che trovavo Dio: in quegli anni, però, avevo dimenticato cose fosse. E altrove è inutile cercarlo.

Quella non fu l'unica causa che mi intentarono: venni citato spessissimo, e ci sarebbero storie divertenti da raccontare. Questa però la ricordo particolarmente bene perché tornato a casa dalla confessione trovai una lettera da Speechlesstown, e la cosa mi stupii tremendamente.

Era infilata sotto la porta, senza mittente –presunsi venisse da *St.* perché nel caso contrario l'avrebbero specificato: e non sbagliavo.

Avevo atteso notizie così a lungo che sarei dovuto saltare di gioia, ma non lo feci. Finalmente una voce mi raggiungeva: *io*, però, non l'aspettavo più. Non ero più disposto ad ascoltare.

Mi montò dentro una rabbia tale che quasi pensai di strapparla, quella lettera! Perché mi arrivava in quel momento, dopo anni? Me l'ero dovuta cavare da solo, e non dipendevo più da Thompson: ero ricco, famoso! Mi venivano a cercare perché ce l'avevo fatta? Non potevo accettarlo.

Quando arrivi più in alto di tutti non fai che pensare a chi ti possa buttare giù. Sentivo me l'avesse manda-

ta *lei* quella lettera, perché mia madre era troppo fiera
per scrivermi. Aprirla avrebbe svelato ogni dubbio; a
quel punto avrei anche potuto ignorarla, intascando le
parole senza mandare una risposta –non volevo però.
Mi limitai a lasciare la lettera chiusa in un cassetto.

    Fosse stata di Dio l'avrei ignorata comunque.

16.

A proposito di fede, non notai grandi differenze tra Speechlesstown e Blabbermouth nelle feste: le celebrazioni erano le stesse, solo sentite meno.

Se devo essere onesto, appena arrivato in città ci rimasi male perché non vedevo trasporto: ero abituato a stringermi a mia madre in quei periodi, e a respirare gioia, vicinanza, solidarietà! Mantenni a lungo le tradizioni, confidando nel loro arrivo. A Blabbermouth però tutto sembrava organizzato per vendere qualche augurio in più, e così abbandonai ben presto le abitudini in favore del distacco. C'era ad esempio il *Mercoledì Leggero*, che è una festa tipica di qui: un giorno in cui tutte le parole vengono scontate e chiunque può permettersi di dire la sua. Penso che il nome derivi dal peso delle persone che si ritrovano sempre più magre a fine festa. A casa, dove tutti erano repressi e non aspettavano altro per darsi al consumismo, il *Mercoledì Leggero* veniva accolto con trepidazione e ai telefoni pubblici si creavano file chilometriche: penso accada ancora. Sulle colline invece l'usanza è di prendere in giro chi festeggia, denunciando le organizzazioni consumeristiche colpevoli di aver permesso uno scempio verbale. La ragione è semplice: altrove, il *Mercoledì*

Leggero è solo un modo come un altro per coccolarsi, mentre a *St.* è una valvola di sfogo necessaria per mantenere l'equilibrio. Un inganno della Lingua che fa credere a tutti di potersi esprimere allo stesso livello, nonostante il resto dell'anno non sia così.

Un'altra celebrazione cui mia madre teneva particolarmente era il *Ventiseiesimo Giorno*: ventisei giorni di silenzio culminati in un grande urlo di rinascita. Dal sacrificio alla parola. A noi costava poco e tutto sommato potevamo solo guadagnarci; per assurdo però anche all'economia giovava, perché alla fine del voto i prezzi erano sempre un po' più alti ma nessuno riusciva fare a meno di parlare.

Queste feste erano un retaggio della mia infanzia che, soprattutto dopo aver ricevuto la lettera da *St.*, mi affrettai a abbandonare: la mia vita era ormai tutta cene di gala e presentazioni; e persa la bellezza delle tradizioni e accecato dalle luci dei riflettori, mi ritrovai al buio. Solo che questa volta non si vedeva alcuna stella, sulla mia testa.

Per questo mi persi.

17.

Dovetti rivedere il mio atteggiamento con le donne.

Con la celebrità orde di ragazzine, ragazze e signore accorrevano agli eventi cui partecipavo per gridare il mio nome –folli per me o, meglio, per l'idea che Mrs. Slobe aveva dato di me e che tutte desideravano toccare con mano toccandomi. Così, le donne divennero la mia debolezza e dal modo in cui mi guardavano capivo sempre cosa volessero.

"Scrivi per me" Mi supplicavano, domandando le battute famose dei miei lavori migliori per avere un amplesso.

Caddi nel tranello più di una volta e siccome si voleva sparlare, fece scandalo che non usassi il femminile per gli articoli, i nomi, gli aggettivi e i pronomi. A Speechlesstown si usava a quel modo, e mi era stato insegnato così. La società però era andata avanti e oramai c'era la parità tra i generi linguistici. Quindi dire per sbaglio:

"Che gli ha detto?", invece del corretto *Che le ha detto?*, riferito a una ragazza, generava grandissimo scalpore; e in quegli anni tutti erano molti sensibili a riguardo quindi non andava bene.

Avevo mille difetti e Mrs. Slobe li alimentava tutti,

visto che facevano notizia. Se mi ubriacavo, ad esempio, non diceva niente; se facevo commenti indelicati nemmeno, e neanche quando scrivevo una parola male interveniva. Quello, però, non lo accettava: dovetti perciò imparare a comportarmi.

Non eravamo sessisti, nel ghetto: può accadere nella povertà, lo ammetto; ma è conseguenza della prevaricazione, dunque un'ingiustizia che ripudio. La mia sensibilità credo me lo abbia sempre impedito. Piuttosto, mortificavamo la lingua per adattarla alle necessità: e essendo più care le parti del discorso variabili, le utilizzavamo in una standardizzata forma invariabile che semplificava le cose, facendoci risparmiare un poco. Nel ghetto era il maschile il nostro genere di riferimento, secondo me perché valeva meno. Come ho spiegato, la lingua tende al risparmio nella sua spesa quotidiana, e il femminile vale tanto quanto la pietra tanzanite. Per questo, anche le donne si riferivano a loro stesse usando il maschile, a *St.*: genere per noi come neutro, essendo neutra la vita di chi non sa soddisfare chi ama.

Imparavamo a farlo da bambini, imitando i nostri padri che non avevano grande considerazione delle donne, nonostante ne dipendessero. Il mio era diverso, e mi aveva insegnato che proprio perché il femminile valeva di più, andava usato solo con chi contasse veramente per me. Chiamo la mia prima ragazza *lei* proprio per questo. Per Mrs. Slobe però dovevo cambiare atteggiamento. Sfavorendo la grammatica discriminavo le donne, secondo la stampa.

Non fu semplice ma alla fine mi abituai. Così, regalavo a ogni donna il genere che le competeva e ogni donna mi regalava se stessa. Sussurravo loro all'orec-

chio ciò che volevano: l'idea, solo l'idea; facendomi
esplodere di bocca parole che, in schizzi di liberazione, le facevano crollare estasiate, a occhi chiusi. Questo
ogni notte, per anni; fino a che l'abitudine non scavò
in me un vuoto tremendo, facendomi buttare parole
per avvicinare le persone mentre si esauriva il mio
successo.

Mi chiedo spesso perché lo facessi; e ancora più
spesso ripenso a ogni battuta, a ogni autografo: nessuna sarebbe stata come *lei*, per me –e questo lo sapevo
eppure facevo credere loro l'opposto, sperando di ri-
scaldarmi al fuoco che le mie parole avevano attizzato
ma che, in verità, le aveva consumate già tutte. Mi ri-
trovavo solo di nuovo, allora: forse perché più scali la
vetta meno posto hai per gli altri. Arrivai a ventott'anni senza nessuno: organizzavo feste, cene, discussioni,
ma la mia vita era infelice; le mie case erano sempre af-
follate di completi sconosciuti che stavano con me solo
per poterlo raccontare. A ripensarci, la cosa veramente
triste è che li considerassi miei amici… Non credo di
aver mai avuto un vero amico.

Pur di non sentirmi vuoto mi riempivo la bocca
con tutto: arrivai a drogarmi, ma lo avevo già fatto,
per provare. Speechlesstown non dava alternative, e
nemmeno i ritmi delle Hills. Usavo inalatori, spesso;
che con nove lettere superano l'oro per prezzo, dando
l'illusione di onnipotenza polmonare. Altrimenti, mp3
per sfuggire al silenzio. Con quelli mi perdevo giorni
interi in realtà tutte mie. Divenne un problema, e Mrs.
Slobe dovette occuparsene perché quella robaccia elet-
tronica mi stava rovinando l'udito, e mi portava a isolarmi.

Essere muti è un problema ma essere sordi forse lo è

di più. Venni mandato a disintossicarmi: non scrivevo.

In molti guadagnarono con le mie disgrazie. Quella mia disintossicazione fu sbandierata ai quattro venti dall'agenzia di stampa del *club del libro*, che faceva di tutto pur di far parlare di me. Non ero riuscito a replicare il successo del mio primo lavoro; quasi non ci avevo provato, così Blabbermouth iniziava a dimenticarmi, e la cosa terrorizzava tutti quelli che campavano delle mie parole.

Oggi penso che il problema fosse come avessi iniziato a temere il silenzio più del *Magistro*. Il tessuto con cui era stata cucita la mia vita iniziava a darmi prurito: sempre in tiro, e adattato a un nuovo stile che a me non piaceva ma che comunque seguivo per non deludere nessuno, partecipavo a eventi di cui non mi importava nulla, dicendo cose che non pensavo. Perché sfruttato. E allora passavano i giorni e a legarmi a quella vita era il potere del contratto, non più l'ambizione.

Qual è invece il potere che unisce due giovani assieme lasciando che il mondo intero per loro svanisca? Passeggiando per il Music Park me lo chiedevo spesso: in particolare quando uno scorcio si rivelava tra le siepi donandomi la dolcezza di un quadro vivente sfumato da tonalità mescolate assieme ad arte, in modo da crearne uno nuovissimo di colore –amore; che restavo a ammirare una frazione di silenzio, interrompendo ogni discorso ed ogni azione per animarmi sempre dell'identica domanda, sempre dell'identica domanda: quale potere?

Arrossendo, riprendevo a passeggiare –non mi notavano mai, i ragazzi: come avrebbero potuto? Non si trovavano nel nostro mondo ma in uno loro. Continuavo a pensarci a lungo però, anche se andavo: tornato a casa e messomi a lavoro, provavo a scrivere di quel potere. Solo così riuscivo a dimenticare le dolcezze precluse; quelle dolcezze che il destino recluse nella povertà della mia giovinezza: e se non ci riuscivo a creare era solamente perché non le conoscevo.

Come facesse il mio occhio a trovare quei ragazzi ogni volta non so: li individuavo con l'orecchio forse dato che, ben più che un quadro, due amanti che si nascondono danno vita ad una sinfonia resa da fiati archi e percussioni, che gemono nell'accarezzarsi.

A me Speechlesstown non permise di suonare: Pneumonia Park moriva…

Era quella la musica che il parco di B. ostentava nel nome? La sentii suonare lì e la scoprii lì anch'*io* la prima volta: dovetti aspettare il successo però, per farlo. E che arrivasse Piuma.

La conobbi proprio al Music Park, ad una festa di cui ero l'ospite d'onore –fu l'evento mondano più sfarzoso cui avessi preso parte, con gazebi cinti da drappeggi di cotone che ondeggiavano al vento, e alcol servito da camerieri silenziosi a invitati resi brilli e rumorosi. Il tutto in un'ambientazione suggestiva perché ariosa, come era d'uso. Mi trovò così, Piuma: mentre con indosso l'abito del distacco venivo accerchiato da ammiratrici che mi supplicavano perché ripetessi loro le frasi più celebri tratte dai miei lavori famosi. Si invaghì proprio di questo, forse: della seduzione della scrittura. Idea che sedusse anche me.

Me ne resi conto quando, vedendola spiccare tra gli invitati, non riuscii a dire nulla nonostante potessi: indossavo la mia indifferenza, per l'occasione, e solo Piuma riuscì a spogliarmi. Forse è per questo che non ho mai scritto di lei, fino ad ora. Perché mi ricorda quanto fossi insicuro, nella mia nudità.

Le domandai se volesse un autografo: mi rispose che da me si aspettava di più. Poi mi poggiò una mano sul petto accarezzandomi con la delicatezza di una goccia. Che liquido era? Non acqua: benzina, che dava fuoco al mio desiderio ripetendomi all'orecchio:

"Dimmi di più, dimmi di più"; che poi era un *Dammi*, ma all'epoca non lo sapevo.

"Ti prometto di più" Le risposi rapendola, rapito.

Quella sera stessa facemmo l'amore tra i cespugli del Music Park, e quale occhio ci ammirò? Di sicuro tutta Blabbermouth ci sentì, perché il nostro piacere finì sulla bocca di tutti, e per la felicità di Mrs. Slobe la mia celebrità tornò a turbinare.

Non lo facevo per quello, io: Piuma mi piaceva davvero, e vissi un periodo felice con lei. Visto che nessuno dei due aveva potuto vivere appieno l'infanzia, tornammo ragazzi. Piuma aveva ripudiato il suo nome e l'accento: non volle mai dirmi da dove venisse, o cosa le fosse accaduto. Tutto ciò che la circondava era per me un mistero, ma mi andava bene così. Ogni suo sguardo però nascondeva un'incredibile malinconia. Immagino fosse per questo che fuggisse dalle cose importanti.

Quel soprannome glielo diedi io e fu la prima volta per me. A Blabbermouth Nord e sulle colline di Blabbermouth era una cosa abituale, soprattutto tra amici ed amanti: lì più soprannomi si hanno, più si è amati; e più soprannomi si danno, più si è amato perché nominare, si sa, è dominare. Rimarcare un possesso, un diritto. Per farmi Dio della mia prosa dovetti scegliere un nome da dare ai personaggi di *St.* che non ne avevano uno, e che perciò erano senza futuro. Pochi di noi l'avevano ricevuto, alla nascita: tanto non sarebbe servito; e il genitore che decideva di darlo sceglieva una singola lettera, a Speechlesstown; come era stato per me e per *lei*. Consonanti, per lo più, costando meno.

Chiamai Piuma in quel modo allora per possederne anche nell'anima. La descriveva appieno: non avevo mai conosciuto una persona tanto leggera. O che almeno, nascondesse se stessa nella leggerezza tanto quanto faceva lei.

Quella follia mi aiutò a trovare equilibrio, per quanto assurdo possa suonare: vissi in pace, finalmente; forse per la prima volta. Le rimasi anche fedele, nonostante da noi non sia un dovere, visto che il guaio nel tradire sta nel farsi scoprire, secondo molti; e il rischio qui è sventato dal sistema. Penso che anche lei mi fu fedele, finché felice. Tanto mi basta.

Era una pace nuova: diversa da quelle sfiorate e abbandonate e opposta allo stacanovismo dei miei esordi. Non ero più solo, finalmente: e poiché vissi, scrissi.

Fu grazie a lei se tornai a lavoro. Improvvisamente, quanto mi ero tenuto dentro per anni uscì fuori nella forma di trame e narrazioni; di periodi che, nonostante non parlassero di lei, avevano il suo nome scritto ovunque, e lei ovunque i miei baci, e le promesse: così potenti, così potenti. Volavo sulle ali dell'ispirazione grazie a Piuma: lei però precipitava anche se non me ne accorgevo.

È la bellezza a condannare certe storie; e poiché la nostra era la più bella delle storie d'amore, la sua fine era già scritta. L'interesse nei miei confronti crebbe a tal punto da invogliare le riviste ad inventare storie su di noi: *io* ero abituato, e cavalcai il momento per far parlare di me; lei no invece e ne venne consumata, visto che la trascuravo.

"Dimmi di più, dimmi di più!" Mi diceva mentre scrivevo; e allora i confini l'asfissiavano e il cielo le pesava sulla testa.

Fui straordinariamente attivo, finché egoista: scrissi racconti, resoconti di viaggio e anche un romanzo dal titolo *Parole Povere*, autopubblicato l'anno successivo ormai padre. E questo perché, una volta fuori dal giro delle persone che contano, nessun editore si fidò più a pubblicarmi, nonostante avessi provato il mio valore. Anche per questo romanzo spenderò tutto da solo, perché quello che contiene non piacerà. Al prezzo del silenzio, comunque, griderò la verità.

Il merito fu suo –solo di Piuma. Trovarla accanto a ogni risveglio dava il via al processo. Allora *io* producevo, Mrs. Slobe distribuiva e il mercato acquistava –solo Piuma era infelice, per colpa mia.

Avrei dovuto darle di più. Ogni naturalezza aveva cessato di saziarla, e così:

"Dimmi di più, dimmi di più!", mi ripeteva; pretendendo amore, pretendendo attenzione, calore. "Dimmi di più, dimmi di più!".

"Ti amo" Le risposi un giorno: forse per accontentarla, anche se credo lo provassi veramente.

Per me quelle parole significavano tutto, non avendole mai dette pur avendole provate.

Se ne appagò, per un po', ma non durò perché:

"Dimmi di più, dimmi di più!", tornò a gridarmi, senza capire che le stavo dando già tutto quello che avevo –o meglio: che potevo, nel modo in cui Thompson padre mi aveva insegnato a fare.

"Dimmi di più, dimmi di più!" Mi ripeteva: non accettava il fatto che potessi amarla senza gridarlo, senza inventare nuovi modi per dirlo; o forse non capiva che desiderando da me sempre di più derubava se stessa della possibilità di godere di quello che aveva, e che le donavo in maniera sincera.

Il me vero, intendo. Sincero. Vivevo da artista o solo da egoista?

"Dimmi di più, dimmi di più" E poiché glielo avevo promesso:

"Ti amo!", dicevo: "Ti amo!"; svuotandomi il conto e svuotandomi il petto a ogni sua infantile richiesta, dopo ogni suo:

"Dimmi di più, dimmi di più!"; ripetutomi ossessivamente –ossessivamente, ancora:

"Dimmi di più, dimmi di più! Dimmi di più, dimmi di più!", fin quando non le bastai più; e allora se ne andò via davvero, non essendo *io* in grado di darle di più.

Sono due le istituzioni che abbiamo e che evitiamo: la burocrazia e il matrimonio; entrambe necessarie perché misurano la vita. Come potevo sposarla? L'amore vero non conosce pretese: quando ne ha prende il nome di passione, madre di capricci. Mi resi conto che non ci conoscevamo, praticamente: tra me e lei c'era stata solo una grande passione. E sia chiaro, la cosa mi fece soffrire moltissimo. Ero stato con lei per le parole che mi tirava fuori, *io* –una cosa tremenda, davvero. Lei invece era stata con me per le parole che le davo. Solo, non ce ne eravamo resi conto.

Ad unirci era stata la promessa di una tentazione eterna, non di un amore eterno, ben più potente; unico contratto che valga nella vita: unico potere. A quale scopo vivere una vita di richieste, però, se insoddisfatte?

Pur comprendendolo, ci volle tempo perché riuscissi a andare avanti.

Tornai solo. Se non lo fossi stato avrei reagito meglio ma chi mi restava? Mrs. Slobe e quell'opportunista di suo marito, le ammiratrici, la fama. In fondo, da quando ero partito per la capitale ero sempre stato solo: fu la compagnia di Piuma a rendermi insostenibile il tornarci.

Mi isolai per alcune settimane: circolò una voce – dicevano fossi depresso, e che non mi alzassi dal letto. Era vero, ma a Mrs. Slobe non importava se lo fosse o meno, fintanto che si parlava.

All'alba della mia fuga avevo trafugato alcune foto: le guardavo spesso; in una ero bambino e mia madre mi teneva in braccio con papà accanto; in un'altra ero con *lei*, a quindici anni. Dio, che incanto!

"Questo sono io!" Mi dissi, perché in ciò che ero stato rivedevo l'idealismo mentre riflesso allo specchio vedevo solo il volto di Mrs. Slobe: non mia madre, non mio padre, o il ghetto; solo Mrs. Slobe. Quanto coraggio nella foto: quanto potere! Lo stesso che unisce due giovani assieme lasciando che il mondo intero per loro svanisca, e che si chiama impegno, giuramento, promessa: parola data. La quale è patto vincolante che domina sul mondo e sulle persone; legandole indissolubilmente dal momento in cui ci si dice:

"Ti amo", reciprocamente.

Lo ricordai allora quel vecchio giuramento fatto una notte d'inverno dieci anni prima: e no, non l'avevo rispettato. Da voi le promesse non hanno valore: da noi però sono moneta e *io* avevo rubato, promettendo il falso. Le avevo abbandonate entrambe: mia madre e *lei*. E la cosa mi consumava dentro.

Il rendermene conto fece scattare in me qualcosa d'indescrivibile: distrussi lo specchio; poi stracciai le foto –urlai, mi strappai i capelli, i vestiti: ero impazzito. Parlavo persino da solo, perché la solitudine vera la trovavo nel parlare agli altri. Da anni venivo sfruttato mentre le ultime persone che mi avevano voluto bene le avevo tradite: non c'era da stupirsi se non mi avevano raggiunto!

Fu allora che ogni risentimento nei loro confronti si sciolse: avevo creduto che le giuste parole potessero colmare la mancanza, eppure non ero mai stato così male, e così vuoto. Per questo mi decisi a riscuotere il messaggio che da più di un anno tenevo nel cassetto –a terra schegge di vetro: lacrime della mia povera mamma. Forse viva, forse non più.

Oggi penso non sia stata la lettera a arrivare a me ma *io* a arrivare alla lettera: giunse per salvarmi la vita, perché se avessi continuato in quel modo presto sarei morto.

Non c'era firma ma leggendola capii. Diceva:

tua madre è malata, aiutaci.

Terza Parte

·

1.

Thompson figlio mi accolse come un eroe.

"Amico mio," Mi disse: "bentornato!".

Venne persino ad abbracciarmi, costringendomi a scendere dall'auto perché le vetture della sua scorta bloccavano quelle della mia, impedendomi di entrare a Speechlesstown.

Letta quella richiesta di soccorso che solo *lei* poteva avermi mandato, mi ero affrettato a tornare, preoccupatissimo per mia madre: la cosa strana però è che pensai solo a mio padre durante il tragitto.

Ricambiato l'abbraccio, ebbi modo di studiare il ghetto da vicino: attorno a me tutto sembrava uguale –per strada il vento aveva smesso di soffiarmi in faccia e allora avevo capito di essere tornato: all'incrocio tra Black Lung Avenue e Splutter Road stagnava un'aria malata. Solo Thompson era diverso. Di lui sulle colline si diceva avesse sposato una cantante lirica per convenienza, e che le avesse fatto appendere la voce al chiodo: era padre da poco ma già la paternità lo aveva consumato, perché ricordava un'ombra, lunga come quelle del tramonto. In effetti era davvero alla fine di una fase della sua vita, perché la nuova gli si vedeva tra i capelli e sulla pelle –per non parlare del corpo, che assomigliava a un filo. Forse per questo sembrava uno spettro: uno di quelli della *GoG*.

"Cosa ti porta a casa? Cosa ti porta?"

"La nostalgia" Risposi; perché il messaggio era sospetto, e così la sua presenza.

"Una celebrità che torna" Mi disse dandomi una pacca, con confidenza: "onora tutta Speechlesstown! Ho molto apprezzato il tuo primo lavoro: mi dispiace solo tu non mi abbia citato!".

A quel punto rise e rimase immobile a fissarmi. Non lo vedevo da dieci anni e il mio ultimo ricordo di lui era una minaccia; quindi per non dovergli nulla, gli restituii gli stessi elogi:

"Magari puoi aiutarmi allora!", mi inventai, parlando come lui. "Sto cercando ispirazione: da anni il pubblico pretende un nuovo successo, e vorrei accontentarlo".

"Sono cambiate molte cose!" Gridò elettrizzato, solo che non sembrava, guardandomi attorno.

Doveva essere una mia allucinazione; il risultato di una fantasia troppo accesa: eppure era incredibile! Ricordavo ogni svolta e ogni elemento lungo le strade, dalle abitazioni ai semafori sino agli idranti e agli arbusti. Addirittura, mi sembrava di ritrovare le persone nello stesso punto in cui le avevo lasciate, quasi non fossero passati tutti quegli anni ma pochi istanti.

"Vai a casa?" Mi chiese Thompson, interrompendo la mia riflessione.

Annuii, e allora:

"Ti accompagno", mi disse: "così ti aggiorno".

Mentre parlava, con la mano mi spingeva verso una delle sue auto.

Non feci resistenza. C'era qualcosa in Thompson figlio -ora padre- che non tornava: non mi fidavo, né di lui né dei miei perché se quello era lì qualcuno doveva averlo avvisato. E probabilmente era stato il notaio Farrell. Inoltre, non capivo cosa ci facesse tanta polizia nei paraggi: sorvegliava il perimetro con macchine blindate e moto, come si farebbe per un politico.

In effetti Thompson lo era, ma ancora non lo sapevo.

Dovendo cercare mia madre, mi vidi costretto a seguirlo –*aiutaci*, c'era scritto nella lettera e non: *aiutala*, come avrebbe avuto senso. Che stava succedendo?

Congedato il mio seguito, salimmo in auto e invece di proseguire lungo la *Ave* prendemmo Aphasia Drive girando attorno al ghetto.

"Speechlesstown sta fiorendo!" Disse il mio Cicerone, indicando il giardino appassito che ci circondava.

Non diceva mai *St.*, come facevo io. Lui pronunciava sempre la parola intera: Speechlesstown, con enfasi, come se fosse un bel nome. Era da questo che si capiva che non era uno di noi.

C'era qualcosa nella nuova *St.*, lo sentii subito. Blabbermouth era cambiata dal mio trasferimento; addirittura, le Hills apparivano diverse ad ogni visita: allora, come poteva Speechlesstown stagnare nel tempo? Erano passati dieci anni, non dieci giorni. Evidentemente, pensai, il cambiamento ha un prezzo che i poveri non possono pagarne. Magari però molto era cambiato per poter lasciare tutto immutato nella miseria, chissà!

"La nuova giunta," Mi rivelò T.: "sta facendo un gran lavoro –un lavoro magnifico, davvero!"; *io* però mi sorprendevo di tanta desolazione: la vita era immobile.

Naturalmente di quella giunta faceva parte anche lui; e non in modo marginale, altrimenti non ne avrebbe parlato: ne fui sconvolto –Thompson era diventato sindaco di circoscrizione, e quindi sindaco di Speechlesstown.

Quel fatto spiegava la presenza della polizia; eppure mi suonò strana la faccenda: da quel che ricordavo, nel ghetto non si facevano elezioni perché nessuno andava a votare. In qualche modo quel nuovo consiglio si era guadagnato due riconferme però, il che era garanzia di un operato eccellente, secondo Thompson. Per me, invece, si compravano i voti.

"Ci stiamo battendo per richiedere finanziamenti pubblici per costruire l'ospedale" Mi spiegò: "–come vedi, abbiamo anche aumentato gli agenti, perché non si poteva vivere così".

Quella coalizione era nata dalla fusione tra *Affermazionisti* e *Negatori* sotto lo stemma comune di un uomo che sputa monete –la *Voce di Speechlesstown*; o *VoSt*, come la chiamò lui stesso.

Ebbi un attimo di confusione: possibile T. avesse davvero a cuore la gente del ghetto? Per i censimenti, *St.* risultava abbandonata quindi non aveva diritto a fondi pubblici e quant'altro. Non avevamo un ospedale, e chi poteva si serviva di quello Jargon, nelle emergenze. Prima di scendere avevo controllato: mia madre non si trovava lì, quindi nessuno la stava curando. Dov'era?

Svoltando a sinistra, prendemmo Laryngitis Street in direzione dell'acciaieria. Mettendo da parte la politica, Thompson mi chiese:

"La scrittura? Le entrate? L'amore?", mostrandosi interessato tutto assieme.

Era un periodo difficile per me: la dipendenza era ancora nel sangue, e mi faceva tremare, scoppiare di ire improvvise; intanto lo scandalo *GoG*-Slobe stava esplodendo e non potevo sentirmi sicuro nemmeno del futuro. Avevo rotto con Piuma e mia madre era malata, perciò:

"Tutto alla grande", gli risposi; ma lui capì e fu molto fiero, perché subito dopo non potei nascondere il mio stupore nel vedere la nuova *T.a.* ergersi immensa nel cuore del ghetto di Speechlesstown.

Mi fu chiaro solo allora: quello con Thompson era un tour della rivalsa, non un favore. Una rivincita per quell'eredità sottratta –come se mi dicesse: *guarda te che fine hai fatto e guarda io cosa ho creato con le sue parole*. E infatti nel vedermi esterrefatto si gonfiò e davanti alla mole del complesso, decuplicato rispetto al passato, mi chiese:

"Ti piace?"; facendo eco a un'identica domanda cui questa volta però non volli rispondere, perché un mostro industriale come quello poteva piacere solo a chi ci guadagnava.

"Ti farò fare un giro, un giorno di questi".

Apparentemente, il figlio aveva superato il padre.

"Purtroppo il comune è messo male," Mi spiegò, ripartendo: "così abbiamo pensato di investire nella centrale per far entrare più parole"; parlando al plurale perché per spiegarmi spendeva parole pubbliche.

"Ci aveva già pensato mio padre, sai, perché…".

Più volte avrebbe accennato alla memoria del padre: non solo per attirare l'attenzione come sempre, ma per rivalsa; quasi suo padre fosse *nostro* padre, nelle parole –*io* un padre l'avevo però, e non riuscivo a smettere di pensarci, vedendo dal finestrino il parco P che si avvicinava. Mia madre stava male e Thompson mi raccontava che da qualche anno la polizia dava la caccia al loro nascondiglio: ma che importava? Mi parlava di droga, evasione; di una falsa valuta contrabbandata da una gang senza nome: il linguaggio dei segni. *Io* però pensavo ad altro. Pensavo a quando mi rubarono un paio di scarpe, da bambino: la colpa fu mia, o almeno così dissero.

Le ricordo nitidamente, quasi le porti ai piedi ancora adesso: da ginnastica, leggere; nere con suola bianca e marchio nero, per mimetizzarsi e non spiccare, così da evitar di costar troppo, e non gridare. Bellissime: forse la cosa più bella mai stata di mia proprietà! Pensavo a quello: a quanto impazzii nel vederle. Infatti, le misi ai piedi senza calzini per gettarmi il più in fretta possibile di fuori, per strada. Avevo nove anni e provai a pelle per esse un amore tale che per vantarmene girai tutto il quartiere, camminando dal mattino al tramonto (non c'era scuola, quel giorno: non c'era mai) ondeggiando i piedi per sfoggiarle. Possedevo poche cose e perciò quel sacrificio paterno mi sembrò un raggio di speranza nella notte: proprio quella speranza senza la quale il silenzio non può essere tenuto; non così a lungo, e che viene, quindi, alimentata.

Quindici Milioni Di Parole, lo ricordate?

Accecato, mi esibii forse un po' troppo, attirando su di esse gli occhi dei pochi coetanei e non solo, ma non nel modo in cui avrei voluto: e così l'inevitabile accadde.

Come potevo immaginare che qualcuno me le potesse realmente rubare, quelle mie bellissime scarpe?

Accadde davvero: giuro. Quanto piansi! Ero un bambino, e non potevo accettare che fossero sparite, scomparse; sottrattemi da quella parte dell'uomo che ruba per privare se stessa della sua dignità –e quanta poca dignità c'era, a Speechlesstown. Così girai ogni strada, chiedendo ovunque a chiunque se si fossero viste, magari prese per sbaglio -me le ero sfilate un istante, uno solo, per bagnarmi un po' i piedi in una pozza del parco-; investendo per ritrovarle più di quanto mio padre avesse speso per acquistarle. La manciata di marmocchi che interrogai, però, non mi rispose nemmeno: giravano tutti la testa; ignorandomi con omertà, loro seconda natura inculcata dai genitori alla nascita.

Gli adulti, vedendomi piangere, chiedevano:

"Ci hai scritto il nome?", e quando *io* rispondevo di no, dicevano:

"Allora la colpa è la tua", mortificandomi.

Che dolore provai all'idea di confessarlo a mio padre: sapevo che se lo avessi fatto lui me ne avrebbe comprate di nuove, consumandosi per farmi felice –e questo non lo volevo: la colpa era mia, solo mia! Amavo le scarpe, è vero, ma solo perché venute da lui. E così non lo dissi –avevamo speso troppo quel giorno. Se ne accorse da solo, però: come non so, dato che rincasai di nascosto spegnendo dietro di me tutte le luci per nascondere gli occhi arrossati e i piedi sbucciati e sporchi di sangue per il camminare scalzo.

Il mattino seguente accanto al letto ne trovai un paio nuove, identiche a quelle rubatemi –e allora piansi, ma non perché le avessi di nuovo ma perché eravamo poveri, e sentivo mia madre sgridare papà dalla camera accanto.

Thompson parlava: *io* pensavo a quel giorno.

2.

Avevo dimenticato che a Speechlesstown non ci fossero porte: mi ero talmente abituato al lusso da cancellare le abitudini, e così me ne ricordai soltanto a casa.

Oggi ho scoperto che la vita non ha porte: è l'uomo a immaginarle. Dovetti salire sino al terzo piano, per rendermene conto; prima però mi congedai da Thompson, che con tatto inaspettato mi aveva lasciato stare; limitandosi a rinnovare quel suo invito a visitare la *T.a.* senza altre prese in giro. In realtà, penso volesse umiliarmi facendomi rivivere il passato, solo che il passato era ancora presente, e così non mi scalfiva: per questo il profilo del palazzo dirimpetto non era cambiato di un solo calcinaccio, come quello del mio; paralizzato nel tempo alle soglie del parco di Pneumonia nella sua melanconia.

Tutto era rimasto lo stesso dell'ultima volta in cui, nemmeno diciassettenne, mi ero voltato per respirare il quartiere e prenderne una boccata da portare via con me: magari era per questo che nulla era cambiato, perché non avevo espirato per davvero. Lo feci allora, finalmente; poggiando i piedi sotto casa lì dove un'altra automobile del mio passato mi aveva scaricato in quella che poi si sarebbe rivelata l'ultima notte della mia adolescenza a Speechlesstown.

Alla fine, non aspettai neanche che Thompson mi salutasse per entrare –seminata la sua scorta, salii i gradini tre per volta come un bambino, correndo tra i corridoi dalle tinte scolorite, intimanti riserbo; fatte della stessa sostanza della memoria, perché immutabili. L'ascensore era rotto: bisognava chiamare l'assistenza anche per quello.

Come ho detto, non avevamo porte a Speechlesstown, perché se le avessimo avute non avremmo potuto rispondere a chi avesse suonato al citofono, o avesse bussato. A voi sembrerà assurdo -forse questo più di tante altre cose che ho descritto-, e in effetti lo è: solo a *St.* non ci sono. Altrove usiamo gli spioncini, solo che non risolvono tutto; in particolare quando non si conosce chi si vede. E questo genera diffidenza, e quindi distacco. La mia impressione è che nella povertà la società sia più diretta: tra le persone si tende a non si interporre niente. Non a caso, a *B.* Hills ci sono porte ovunque, anche per strada; porte sul nulla, messe per incanalare le intenzioni. Si chiamano mode, vizi o aspettative. Al contrario, gli abitanti del ghetto hanno accesso a tutto: sono i limiti mentali quelli che creano porte chiuse dove ci sono stipiti vuoti.

Forse fu quello a bloccare me, perché nonostante potessi entrare non lo feci.

In piedi sullo zerbino che non dava il benvenuto, vedevo benissimo l'ingresso che faceva da salotto, la cucina, il piccolo balcone, la mia stanza e il divano di mia madre –non lei però. Di suo c'era la sedia, il tavolo e quel vuoto.

Nell'appartamento non era cambiato nulla, e fu un

sollievo. Avevo scritto spesso a mamma, negli anni, ma a quanto pareva non aveva speso nemmeno una parola. In effetti, era sempre stata misurata: tra le cose che non permetteva a papà di fare, ad esempio, spiccava il divieto di raccontarmi storie qualsiasi che, anche se serie, con lui si trasformavano in spassose, e perciò mai educative. Il suo *Magistro* aveva occhi storti, il naso all'insù e le scarpe al posto delle mani; ed io, nel sentirmelo descrivere a quel modo, smettevo di provare il terrore che le storie convenzionali inculcavano e finivo per strillare come un matto, costringendo mia madre a sgridarmi e a sgridare un mortificato papà che, voltato verso di me, di nascosto avrebbe continuato tutto il tempo a lanciarmi boccacce facendomi ridere un mondo.

Fu l'unica fonte di divertimento della mia infanzia, e quando mia madre smise di impedirglielo, finì per perdere la voce, pur di sentirmi ridere…

Ci misi un po' a decidermi ad entrare: prima la chiamai mamma per nome come un idiota, perché mi ero abituato a chiamare tutti. Parlavo ad alta voce; ripetevo, chiedevo di ripetere e domandavo, perché ero come loro, ma diverso, perché non ero nato come loro e questo a Blabbermouth Hills nessuno aveva mai smesso di ricordarmelo. Per questo, nonostante il successo non mi ero sentito mai a casa, nella capitale: mentre adesso non mi sentivo a casa neanche a *St.*, perché mi ero venduto. La paura più grande dei ricchi è il silenzio: per questo hanno il terrore di morire; e sempre per questo fanno di tutto per riempire il vuoto. Dubito che qualcuno avesse paura di morire, a Speechlesstown: io ne avevo. Di sicuro, non si facevano problemi a non rispondere. Anzi, semmai temevano di doverlo fare.

Non avendo ricevuto alcuna risposta, feci capolino: mi aveva attraversato la testa il dubbio che mia madre non vivesse più lì. Prima di trovare il coraggio di accertarmene però, rimasi fuori più un'ora. Sapevo che entrare non avrebbe portato a nulla di buono, perché finché restavo paralizzato potevo conservare la speranza. Amai quell'immobilità codarda; e nell'esitare, capii finalmente il ghetto.

Effettivamente trovai l'appartamento vuoto, e esausto per tutte quelle emozioni venni subito meno. La mia camera sembrava non esser stata toccata da tempo: forse addirittura dalla mia partenza −non lo feci neanche *io*, perché crollai sopra al divano; cullato da quel silenzio assoluto cui non ero più abituato.

Quella porta aperta non mi fece fare sonni tranquilli. Sognai scene terribili con protagonista papà, e in piena notte mi svegliai con una domanda in testa: che fine aveva fatto mia madre?

Avrei voluto chiederlo a *lei* ma non sapevo dove cercarla: l'appartamento della sua giovinezza era di fronte al mio; poco al di là attraverso il piazzale −chiedere non mi sarebbe costato nulla ma non potevo dire lo stesso della risposta che mi avrebbe dato. E comunque non ero certo di volerle parlare: una parte di me la odiava e odiava anche mia madre, perché entrambe mi avevano abbandonato dopo che le avevo abbandonate *io*; per quanto assurdo suoni.

Ciò nonostante, tremavo all'idea di un altro addio mancato, così al mattino contattai Thompson per quel giro della nuova acciaieria, e mi preparai.

Non so se mi aspettassi qualcosa: al contrario, T. non aspettava altro perché mi accolse in pompa magna quasi fossi un Dio −ma un Dio prostrato, disperato;

scalciato e abbandonato anche dal cielo: un Dio come il vostro, fattosi carne mentre da noi parola. Ecco, potevo sembrare importante ma era una presa in giro; un rimarcare il proprio stato visto che in realtà era lui a sentirsi Dio, ma padre, e quindi intoccabile dall'alto delle proprie opinioni.

Si era elevato a questo –*St.* lo aveva reso tale, permettendogli il bello e il cattivo verbo.

Arrivai abbastanza trasandato, a piedi. Lungo la strada incrociai parecchia polizia, cosa che più che farmi sentire al sicuro mi agitò, forse per deformazione. Tra festoni e striscioni venni accolto da tutti i miei vecchi amici della lettura del testamento con flash assordanti e acclamazioni accecanti.

"Abbiamo sempre creduto in te!" Urlavano –mancava solamente Farrell, su cui nessuno mancò di sparlare dato che era via; impegnato con la moglie a deporre in tribunale circa i propri legami con la *GoG*. Di questo non mi interessa parlare però. Sparlare è un'usanza molto diffusa: sparlando si spendono parole che tornano, dato che tutti sparlano e tutti ricevono calunnie, ciclicamente. Come vi ho detto, i processi sono infiniti nel mio paese e sparlare è una forma di processo, condotto dal popolo ma sempre a porte aperte.

Venendomi incontro, Thompson mi prese sotto braccio e disse:

"Se mi avessi avvertito prima avrei organizzato qualcosa di meglio!"; e proprio allora un aereo ci sorvolò la testa, trascinando una scritta che recitava: *Speechlesstown al suo più grande scrittore*; che tutti lessero avidamente alzando il naso talmente tanto da cadere all'indietro, perché corrispettivo di un miliardario che getta banconote alla folla.

Era il riconoscimento che aspettavo ma non me ne sentivo orgoglioso. Non c'era gusto a essere il più grande scrittore tra gli analfabeti, e *io* volevo mia madre, e solo lei, ad approvarmi. Eppure non la trovavo.

Lasciando che fosse la polizia vestita di nero a farci largo, Thompson mi sospinse con la mano ossuta verso l'entrata, spiegandomi la struttura e il funzionamento del nuovo centro. Si raccomandò anche alla sicurezza, e mi fece indossare un caschetto. Un privilegio che i lavoratori non avevano, non avendo nome e perciò valore.

Insistette per mostrarmi la planimetria dell'edificio: dalla piantina risultava una costruzione mostruosa. Non era più un'acciaieria ma una città; attiva a ciclo integrale e impegnata in ogni fase del processo. In verità, la vecchia *T.a.* ne occupava una frazione minima, perché erano stati costruiti due altiforni, poi decine di torri per la cenere e altre per i gas e il calore. Si allungava ben oltre il ghetto e per costruirlo erano state demolite case, strade e negozi; quelle persone sfollate e abbandonate: nessuno se ne era lamentato.

Costruzioni simili in genere non possono sorgere in città. Thompson però si era dato il permesso, quindi la terra adesso era nera ed anche le strade. Tutto per merito suo.

Entrammo, e a bordo di automobili elettriche visitammo il complesso. Forse ne avrebbe cambiato il nome in *TSC*, mi disse; perché più adatto. Sapevo però che era per tagliare i ponti col passato. *Io* intanto mi fingevo interessato.

Lungo il tragitto continuò a elencarmi i problemi di *St.*, cercando di giustificarsi per le promesse non mantenute. A quanto pareva, la recessione della parola provocava problemi serissimi, e l'assenza di afflussi verbali costringeva l'economia a stagnare, aumentando disoccupazione e criminalità. Se non fosse stato per la *TSC*, aggiunse, chissà di cosa avrebbero vissuto gli abitanti del ghetto! Già, di cosa? Se non l'avesse fatto lui quel discorso sarei stato anche d'accordo, solo che l'immagine di una Speechlesstown onesta del tutto non resisteva nella mia testa, che ricordava bene Donnie e quel biglietto d'oro. Piuttosto, per me andavano valutate le motivazioni dietro quell'incremento: tutte da ricercare nell'istruzione e nel lavoro e quindi, a monte, nell'operato politico. Che guardava ai propri affari.

"Questa gang –questa gang…" Ripeteva nel tentativo di farmela odiare: per strada non avevo incontrato respiro, solo repressione; perciò chi andava biasimato?

"Ci sta pensando la polizia, per fortuna –ho amici, lì in mezzo: li finanzia la *VoSt*".

Mi fece alcune domande ma fui vago: non riuscivo a staccare gli occhi da quella enormità. Sembrava di passeggiare per una città agonizzante; pullulante di architetture di ferro attraversate da tubi arrugginiti, armature ramate e impalcature fatiscenti. Si slanciavano nel cielo alte torri cave piene di gas, simili a quella dell'editoria. A volte passavamo all'interno di nuvole di piombo, scaricate da qualche falla: allora mi pizzicava la lingua, stupendomi di quanta inquinata fosse l'aria. Scampati alle cortine di piombo, gli altiforni si mostravano ogni volta più grandi; immensi, come vulcani d'acciaio e mattoni: umani e quindi nocivi. Rovesciavano magma nei crogioli: anzi, ghisa; ghisa madre dell'uomo ma matrigna per Speechlesstown. Era uno spettacolo angosciante, ve lo assicuro: ancor più angosciante però era il fatto che lì dentro lavorasse tutto il ghetto! Se non eri della polizia, ti toccava lavorare in acciaieria. A turno li incontrai tutti, da Donnie a Rose la pazza; dal vecchio Bill, ormai vecchio davvero, ahimè a *lei*.

Quando la vidi sentii un colpo al cuore –era *lei*, proprio *lei*; e anche se Thompson continuava a parlarmi, *io* non lo ascoltavo nemmeno perché dopo tanti anni finalmente la vedevo lì, davanti a me! Sembrava così piccola nella sua timidezza: segno non di povertà ma di una ricchezza diversa. Quanta bellezza! Il viso sporco ma limpido; i capelli scoloriti ma raggianti: tutta avvolta in una tuta da lavoro che ne nascondeva le curve. Come Speechlesstown, neanche *lei* era stata toccata dagli anni, se non nel privato –era mutata, non cambiata: come il mare che si mostra diverso pur restando lo stesso.

Penso che quell'incontro debba ancora interiorizzarlo. Trovarmela davanti in quel momento fu come vederla per la prima volta da adolescente; e mi piange il cuore, a ricordarlo: forse per malinconia delle cose che furono e che non potranno più essere.

Anche *lei* mi vide. Credetti non potesse riconoscermi, visto quant'ero cambiato: eppure l'espressione che fece non mi lasciò dubbi. Era furiosa.

Urlai a Thompson di fermarsi: lui non capì, ma arrestato il veicolo scesi di corsa, facendomi largo tra gli operai. L'avevo quasi raggiunta: feci per cercarla e chiederle spiegazioni. Prima che ci riuscissi, però, era già scappata.

A Thompson non spiegai quel gesto.

Il tour proseguì sino al tramonto, quando il primo turno iniziò a staccare e una seconda ondata di operai si apprestò a attaccare per la notte.

Insistetti per andarmene a quell'ora nella speranza di incontrarla all'uscita. Thompson provò a trattenermi ma si erano buttate tante di quelle parole che sentivo avrebbe fatto voto di silenzio per un mese, per compensare. In questo senso, fu una liberazione per entrambi separarci: non ci sopportavamo eppure continuavamo a cercarci. C'era un legame, ad unirci. All'epoca non capivo ma oggi so che tutto quello che inizia nell'odio può finire solamente con l'amore. E era chiaro che lui non era intenzionato a porre fine alla questione, perciò ci saremmo rincontrati.

Mi era stato accanto tutto il tempo tenendomi sottobraccio come un amico o, meglio, un nemico; continuando fino all'uscita a domandarmi:

"E tua madre? E il romanzo? Quanto resti?".

Io naturalmente sviavo, pensando a quella visione; non potendo credere che anche *lei* lavorasse per Thompson: lavoravano tutti per lui. Svicolai, sbadigliando forzatamente per invogliarlo a lasciarmi andare.

"Dai, magari scambiamo due battute prima che parti" Disse alla fine, e poiché sentivo la folla avvicinarsi risposi secco:

"Certo!", senza pensarci.

Sarebbe accaduto per davvero, ma non ci credevo ancora

"Torna a trovarci!" Mi urlò in coro il suo seguito, e allora mi sentii quasi ragazzo perché gli operai uscivano in massa assieme a me, avvolgendomi, e in cielo splendeva un tramonto magnifico che tutti avrebbero potuto vedere se avessero alzato la testa.

Non lo fecero, perché tenevano gli occhi bassi pas-

sando davanti a Thompson. E pensare che alcuni dovevano anche ammirarlo; stimarlo come politico e be-
nefattore, capace di contribuire alla crescita di *St.* Città
industriale, adesso –piuttosto, direi, succursale della
centrale. E questa è la più grande delle vessazioni: pie-
garsi dinnanzi a chi ci impedisce di alzarci.

Al contrario loro, *io* non riuscivo a abbassarla la testa: per questo non mi resi conto dell'impatto.

Gettato a terra da qualcuno che non ero riuscito a
vedere, finii sull'asfalto mezzo dolorante e frastorna-
to. Venni tirato su da Thompson in persona, che doveva aver goduto della scena anche se davanti a me finse
apprensione.

"Come stai?" Mi chiese.

"Bene, credo" Risposi io, pulendomi.

Mentre lo facevo, notai qualcosa nella tasca che prima non avevo. Sembrava una busta da lettere. Chiunque mi avesse urtato doveva aver sfruttato quel trambusto per lasciarmi un messaggio. Che era stato?

Non mi tradii: Thompson era ancora lì a fissarmi,
e aspettai d'essermi congedato frettolosamente prima
di controllare. Svoltato l'angolo, mi svuotai le tasche.

La busta conteneva delle foto.

3.

Rimasi a pensare a quelle fotografie tutta la notte, rigirandomi nel letto.

Avrete notato quanto sia stato misurato, in quest'ultima parte: sicuramente avrei potuto accompagnarvi di più; tenervi la mano mentre attraversavamo insieme la nuova Speechlesstown –ho saltato spesso e mi sono anche rivolto meno a voi, miei lettori stranieri; ma se l'ho fatto è perché ormai vi considero istruiti sui nostri costumi. Eravate come bambini ma a questo punto siete adulti, perciò se ho nascosto certe violenze per proteggervi non aspettate che continui; perché raccontare è dovere di chi sa, e ascoltare di chi ignora.

Non vi nasconderò, ad esempio, di esser stato pedinato, tornando a casa.

Stringevo qualcosa di pericoloso, anche se a voi non sembrerebbe –non era paranoia: me ne accorsi quando tutte le persone iniziarono a fissarmi! Mentre studiavo la busta, coppie di occhi studiavano me perché tutti lavoravano per Thompson, in qualche modo; e dalle finestre e i marciapiedi cercavano di cogliere qualcosa. Fui costretto a accartocciare le foto, nonostante fosse l'ultima cosa che volessi, visto quanto volevo bene a chi vi era ritratto –poi verso il piazzale dovetti persino accelerare il passo perché qualcuno dietro di me lo aveva fatto, e né il mio palazzo senza portone né il mio appartamento privo serratura avrebbero potuto proteggermi da loro.

Le foto ritraevano una vecchia smunta, magra e malata. Era mia madre, supina su di un letto mezzo sfatto. Apparentemente, sembrava ricoverata in ospedale. Nessuna clinica al mondo poteva essere tanto fatiscente tuttavia, e sporca. Sembrava un edificio abbandonato. Le imposte erano chiuse, e spesso sbarrate. Filtrava poca luce, e infatti la foto era di scarsa qualità. Era dunque stata sequestrata, mia madre? No, perché in quel caso mi sarei atteso un ricatto e invece nelle foto si vedeva benissimo che qualcuno si prendeva cura di lei. E poi, probabilmente solo in pochi sapevano del mio successo: la voce non doveva essere arrivata.

Le altre istantanee ritraevano malati curati alla ben e meglio, stipati in stanze strette o nei corridoi: in molti avevano il volto tumefatto, piegato da percosse brutali, che avevano chiuso loro gli occhi e spezzato naso, zigomi e schiena. Mia madre era illesa, da quel punto di vista: sembrava solo stanca, consumata. Un male interno si nutriva di lei. E guardandone le foto mi saliva una gran rabbia.

Stropicciata, stringevo tra le dita un'intuizione grandiosa: un'innovazione immensa. Una foto vale più di mille parole, che eppure hanno un bel prezzo. Intuii che gli abitanti del ghetto dovessero usare quel sistema per risparmiare, e era geniale perché permetteva loro di comunicare nonostante non potessero parlare. Era il futuro: quel tipo di futuro contro cui le istituzioni si scontrano perché incapaci di adattarsi. Così, la banda senza nome adesso aveva un volto; e non dormii perché per me era la visione di una società nuova: non più della parola ma dell'immagine; immediata, finalmente, e a basso costo.

Non c'erano dubbi fosse stata *lei* a farmi recapitare le foto: forse era stata *lei* stessa a urtarmi, ma non credo, vista la forza. A furia di rimuginarci, mi animai la testa di mille teorie. Una volta stabilito un codice linguistico, cosa avrebbe impedito l'invio di messaggi complessi? Solo da quelle foto ad esempio avevo capito che mia madre era nel ghetto, e che veniva curata assieme ad altri di nascosto. Non sapevo come avessero fatto tante persone a ferirsi, né perché dovessero nascondersi. Usavano il corpo per comunicare: quindi forse sapevo chi era stato a prenderli di mira, ma non ci volevo credere.

La parola è convenzione, come da voi lo è l'oro – cambiate le convenzioni, cambia il sistema. *Io* che l'avevo respirato, il sistema, e ne ero rimasto intossicato, sapevo bene quanto tendesse al risparmio, dunque sentii che nell'immagine un giorno l'uomo avrebbe trovato la sua maggiore espressione: soprattutto in un mondo più veloce. Ecco di cosa si lamentava Thompson: entrate ridotte a causa delle foto e i gesti –non me la dava a bere: se aveva rafforzato la polizia era per quello. Per trovare chi lo faceva e costringere quelle persone a confessare, così da riprendersi ciò che spettava al municipio, e quindi a lui.

Erano dissidenti, i feriti nelle foto. Lo era anche mia madre?

Oggi non è più inconsueto vedere un'immagine che parla, e non me ne stupisco perché la gente ha perso la speranza nel dialogo e ha scelto le immagini come valuta –facendo la fortuna di chi vive della propria superficie. Nuovi capitalisti della modernità.

Tra questi pensieri, scombussolato dalla rabbia e intimorito dalla mia posizione, passai la notte insonne restando all'erta. Con l'orecchio teso, ascoltavo i passi nei corridoi del palazzo aspettandomi un agguato. L'abitudine a star zitti viene accompagnata alla tendenza a far rumore per ripicca –fanno lo stesso i bambini, e da noi è d'uso perché al silenzio è obbligata la bocca, non i piedi e il corpo. Masticare rumorosamente, ad esempio, è segno d'apprezzamento visto che non si può apprezzare a voce –al contrario, sulle Hills i corpi lasciano parola alla Parola, e se si è amata una pietanza lo si comunica con la bocca ancora piena, mentre si mangia; cosa ben vista.

Per questo mi venne un colpo quando, all'improvviso, sulla soglia, un'ombra minima bloccò la luce della luna che filtrava dalle finestre nei corridoi. Non l'avevo sentita arrivare, e se per un istante ne fui spaventato, presto sorrisi perché la riconobbi subito: era *lei*.

Era bella davvero, anche se indosso aveva la stessa divisa da lavoro che *io* a sedici anni odiavo; goffa e incolore. Teneva i capelli legati, e da quanto erano gonfi si capiva fosse uscita di fretta, e che probabilmente avrebbe attaccato dopo poco –era bella, dico: non per il tutto ma nonostante tutto; con occhi di mare che riflettevano sulle proprie increspature i giochi della luna.

Al collo le pendeva legata a un laccio una macchina fotografica vecchio modello, tutta graffiata. Era con quella che aveva scattato le mie foto.

Forse urlai per lo spavento lì per lì, perché si allarmò e fece dei gesti con le mani, per farmi alzare –non mi mossi e le chiesi:

"Dov'è mia madre?", senza ricevere risposta.

Ero pieno di domande ma non ne feci nessun'altra perché sapevo che non mi avrebbe detto nulla, anche parlandole per primo. Chissà quant'era indebitata. Così, mi limitai a seguirla, sperando che le immagini parlassero più forte.

Neanche il tempo di vestirmi e uscimmo in silenzio. Fuori dalla porta ci attendeva un bambino smunto, di nove anni. Quando alzò verso di me lo sguardo, un identico mare mi fece annegare di dolore. Lo vidi appena, nella penombra, ma si capiva: era suo figlio, non c'erano dubbi.

Lungo il corridoio la madre del bambino mi fece cenno due volte di aspettarla mentre entrava in certi appartamenti a chiamare altre persone; pronte anche loro a seguirci. In quei momenti rimanevo col bambino, aspettando in imbarazzo. Capii in quel modo molte cose senza spendere una sola parola. Scendemmo in strada: eravamo circa una decina, *lei* camminava in testa col figlio accanto mentre *io* in coda. Le diede la mano e non le si staccò più.

La notte era fitta come non ne vedevo da una vita: tutti i lampioni erano spenti e in cielo si vedeva l'infinito. Alcune candele, mi sembrava, brillavano dalle finestre. Ci guidarono loro. Al nostro gruppo si unì nel frattempo un altro che uscì dal palazzo gemello al mio; quello costruito durante il boom onomatopeico d'edilizia impopolare appena oltre il piazzale, verso cui guardavo ogni momento da ragazzo: *lei* aveva abitato lì, e scoprii che lo faceva ancora.

Per sfuggire a sguardi insonni, camminammo accostati ai palazzi per tutta Dysphonia Dr., svoltando

dopo tre isolati su White Tongue Avenue. Ci preoccu-
pavamo anche degli sbirri di Thompson, che davano
la caccia proprio a chi usava le mani per parlare come
facevamo noi –o meglio, loro con me; perché *io* quella
lingua non la capivo proprio. Per evitare le ronde not-
turne, mandavamo avanguardie a controllare: se non
battevano le mani riprendevamo a camminare; se lo
facevano, cambiavamo strada.

Prendemmo Bronchitis Street e lì la mia pazienza
finì perché continuavo a non capire cosa stesse acca-
dendo, e non ero più disposto ad aspettare.

"Dov'è mia madre?" Chiesi superando le persone
che erano con noi per afferrare *lei* per un braccio, stap-
pandola dal figlio.

Sentirmi parlare agitò gli altri, perché sembravo
uno spione. Infastiditi dallo strattone poi, mi si avven-
tarono addosso in un secondo, afferrandomi. Uno mi
bloccò da dietro e un altro mi tappò la bocca, mostrandomi da vicino due labbra cucite con il filo. Avevano
un coltello.

Sarebbero andati oltre se non fosse intervenuta *lei*
–fece dei gesti con le mani che non compresi e a quel
punto, anche se con reticenza, mi lasciarono. Riprese-
ro il cammino mentre io rimasi fermo: il suo sguardo
era deluso, e si voltò stringendo il bimbo a sé per con-
solarlo, avendolo forse spaventato.

Gli toccò la fronte per sentire se scottasse. Aveva la
febbre?

Se rispose lo fece a modo suo: i segnali erano ovunque; tanti quanti i colpi di tosse cui molti si abbando-
navano, tentando di trattenersi per non finir tassati. Fu
da quel particolare che capii: c'era un ospedale clande-
stino a *St.* Mia madre si trovava lì.

Per raggiungerlo svoltammo a sinistra sulla via della lotteria, che a quell'ora era deserta. Quello del nostro gruppo sembrava un pellegrinaggio disperato: l'esodo di tanti muti -ora malati-, il cui stato li obbligava a risolvere da sé, perché lo Stato non dava ascolto ai loro problemi e non lo avrebbe fatto mai.

Più ci avvicinavamo, più crescevamo di numero – camminavo accanto a una signora dell'età di mia madre, e che un po' le somigliava. All'inizio restammo nel nostro, poi vedendola in difficoltà decisi di aiutarla a camminare, sostenendola sottobraccio. Con un cenno la feci rallentare e senza destare sospetti le domandai:

"Cosa succede qui?".

Entusiasta di poter dire la sua a mie spese, esordì gridando:

"Se non parliamo…!" –ricordandosi solo poi di fare piano.

Riprese:

"Se non parliamo, la colpa è di quel Thompson! Paghiamo lui e lo Stato, se ci esprimiamo: tre parole ci costano cinque".

Mentre mi raccontava, facevo attenzione a sbattere i piedi a terra per coprire il suono della sua voce.

"Ci ha schiavizzati! Fa il dittatore perché non lo possiamo denunciare: ne ha fatte tante che neanche a te basterebbero le parole per raccontarle…".

"Mi conosce?" Le chiesi stupito.

Non mi rispose, ma disse:

"Ti odiano"

"Perché?".

Eravamo sul punto di svoltare in Stutter Road: il silenzio era assoluto.

"Perché non hai fatto nulla per noi anche se hai

fatto le parole grazie a noi –ma io ti capisco, hai fatto bene: nessuno lo ammette ma tutti avrebbero fatto lo stesso".

La cosa mi sconvolse perché molti incassi li avevo devoluti a *St.*: evidentemente quelle parole se le erano messe in bocca Slobe, Farrell e Thompson.

"E la polizia?"

"La comanda Thompson facendole fare cose tremende: prima colpiscono, poi domandano"

"E l'ospedale?"

"Lo abbiamo costruito noi perché le cure mediche costano troppo. I medici pretendono tu dica loro qual è il tuo male: non ti visitano nemmeno, se non lo sai. Thompson sta costruendo un ospedale, e una volta finito monopolizzerà le cure per le malattie che lui ci causa".

E c'era il cancro nelle sue parole.

Come potevo stare a ascoltare simili orrori senza alzare la penna? Mi cresceva dentro tanta di quella rabbia che avrei voluto urlare.

"Ci salverai?" Mi chiese a un tratto la signora, tremando; e non potendo pagare per quelle lacrime piangevo anch'io, perché erano altri quelli che l'avrebbero pagata.

A quanto disse, le persone a Speechlesstown erano malate perché Thompson se ne infischiava delle falle, visto che poteva fingere di non essere informato: la disinformazione in certi paesi è la vera soluzione dei problemi, non la loro causa. Però lui sapeva, e nell'omertà si nascondeva come al buio –l'ospedale era un gesto disperato:

"Siamo noi i dottori, e anche i pazienti: facciamo quello che possiamo; quello che riusciamo: quei poveri ragazzi però vengono pestati, e ammazzati. Nessuno lo denuncia"; poi tossì e le forze le vennero meno, così la lasciai, ignorando quell'ultimo sussurro che chiedeva:

"Ci salverai? Ci salverai?".

Proseguii senza rispondere perché Stutter Road esigeva silenzio. Se St. era rimasta ferma, quella strada era tornata indietro nel tempo. I palazzi erano marci. Passavamo tra ruderi fatiscenti, e le poche macchine che incontravamo erano scassate. Anche l'asfalto era distrutto, i cartelli stradali scoloriti e la tecnologia era di una generazione fa. E mentre sulle colline il modello appena uscito veniva già sostituito, lì si doveva scrivere una lettera per contattare una persona, come aveva fatto *lei*; col rischio di non sapere mai che fine facesse quell'investimento, i cui interessi difficilmente si sarebbero rivisti. Uno scarto destinato ad ampliarsi, dunque; perché nella corsa verso il progresso solo chi possiede più informazioni riesce a continuare a correre: gli altri prima o poi si fermano, e difficilmente recuperano il passo.

Non incontrammo impedimenti; cosa che mi faceva pensare che tutti fossero d'accordo, e che quella strada fosse un rifugio: punto di spaccio del linguaggio dei segni, in parte devoluti per i medicinali. Ovviamente la frequentava solo una minoranza del ghetto: quelli contrari a Thompson. Gente però della quale ci si poteva fidare nel tenere la bocca chiusa. Per ovvie ragioni.

Eravamo alle porte del cimitero di Speechlesstown, nel quale Blabbermouth sfumava –un nome non l'aveva perché ai suoi residenti non serviva, e neanche a noi visto che era una bocca chiusa con la quale non si poteva dialogare, né contrattare. Accoglieva gli esuli; chi altrove non aveva vita: non i migliori, ma i disperati. Sembravamo centomila, e forse lo eravamo.

All'ospedale ci condusse *lei*. Era una palazzina trasandata, sporca e cadente; specchio perfetto dell'isolato. Dentro non c'era nulla oltre a una schiera di lettini tutti occupati. Si respirava nell'aria quel sentore tipico degli ospedali che appesantisce l'anima e fa sentire unti. In questo avevano fatto un grande lavoro. Entrammo uno alla volta, perquisiti. A me fecero storie, intendendo che quel posto era segreto e tale doveva rimanere: non obiettai, e per me garantì *lei*.

Fremevo per cercare mia madre, così esplorai i reparti: non li differenziava nulla e tutto era terribilmente disorganizzato; al punto che incontrai tumori alla gola accanto a insufficienze respiratorie, laringiti accanto a polmoniti. E in tutto questo, le attese erano talmente lunghe che ci si moriva. I veri medici erano pochi: tre al massimo. I feriti da armi da fuoco e pestaggi li curavano le donne con bende e garze vecchie. Le stanze procedevano sulla sinistra mentre i ripostigli a destra; anche se al piano terra e accanto ai bagni tutto era approssimato, perché si camminava appena per via delle persone. I dottori facevano quel che potevano; comunque quella non era medicina: non più di quanto un cerotto sia chirurgia. Per questo le prognosi erano tutte riservate, in modo da mantenere un distacco; eppure non c'era logica perché dottori e pazienti si ibridavano nei ruoli e nelle competenze –una cosa che poteva accadere solo là e che è tipica della povertà, essendo la corsa al benessere solo una forma di classificazione. Per questo le dinamiche di Speechlesstown sono complesse: senza parole è tutto vago; e

sempre per questo tante donne morivano di parto, là
dentro; non potendo ricevere cure adeguate. In quella
confusione, tra chi dopo aver auscultato chiedeva di
farsi auscultare e chi si iniettava il sangue che qualcuno aveva appena prelevato, non avrei mai trovato mia
madre. Inoltre, lo spettacolo era desolante perché per
quanto ci provassero, lo sporco dilagava e così i germi
e i batteri: l'igiene era spesso assente e molti malati
dormivano a terra con coliche, o su materassini rico-
perti di formiche; sputando sul pavimento, pisciando
negli angoli –o peggio ancora. Addirittura, un contro-
soffitto era crollato ma nessuno se ne era accorto. Non
posso descrivere la puzza perché sfugge alle parole:
sembrava un canile e come nei canili alcuni bastardi si
ringhiavano a vicenda, rubando il cibo ai più deboli –e
tutto perché erano terribilmente indietro.

Fu lì che ritrovai il direttore Freeman, bullizzato
da altri pazienti che non potevano portargli rispetto,
non conoscendolo. Era una nullità, come gli altri –un
perdente. Gli diedi qualcosa ma non volle parlarmi:
forse non mi riconobbe nemmeno, avendo tagliato sui
ricordi.

Con la lingua tra le gambe, decisi di aspettare che
fosse *lei* a portarmi da mia madre.

Mi sedetti a terra a fissarla mentre faceva avanti e
indietro nei reparti, portando siringhe, tamponi, coperte; scattando foto con la macchinetta in continuazione: che tempesta che mi scatenava dentro, coi suoi
occhi! Sembrava tesa all'idea che la osservassi, e non
la vidi mai vera perché qualcosa mi sfuggiva –quel
bambino le restava sempre attaccato, e quando finalmente ebbero tempo, lo visitarono. Era solo una lieve
influenza, stava bene; anche se andava vaccinato.

Quando la madre era impegnata, di tanto in tanto lo tenevo io. Sembravamo padre e figlio! Non penso avesse nessuno, e forse non vedeva un uomo da un bel po' perché con occhi spalancati, e leggermente umidi, seguiva ogni mio gesto per imitarlo, come per gioco –di ciò ebbi conferma solo dopo. Ogni tanto ci cercavamo, forse perché sapevamo di essere la stessa cosa.

Tra me e la madre si avvertiva una strana tensione: come un risentimento. Potevo domandarle mille cose ma non volevo; *lei* invece voleva rinfacciarmi tutto ciò che pensava non avessi fatto, ma non poteva. Con gli occhi gridava: *guarda il dolore*, sempre un po' trattenuta, anche se non ne capivo la ragione, nonostante le leggessi l'anima.

Al primo piano si poteva arrivare solo con le scale perché gli ascensori erano fuori uso, ovviamente. E così i pazienti più anziani non ce la facevano a arrivarci, ma neanche le barelle e le donne in stato d'imbarazzo; forzate a stare con casi gravi e contagiosi. Per la prima volta da quando ero entrato, trovai un corridoio deserto: fu lì che sentii di essere vicino a mia madre e che la sua stanza era quella in fondo.

Lei me lo confermò: era il momento. Dopo anni finalmente avrei visto mia madre!

L'idea era quella di portarla via, evitandole la fine di mio padre. D'altronde, anni di restrizioni e strigliate lo avevano portato a trasmettere angoscia più che allegria, e era la frustrazione che gli contaminava il cuore il male che ci contagiava tutti. La trasmetteva con gli occhi, lasciando trasparire l'infelicità che infettava il suo cuore e che niente di quanto gli potessimo offrire avrebbe potuto guarire. Nemmeno se ne accorgeva, papà. Noi sì però, naturalmente: come avremmo potuto non farlo? Riuscite a immaginare la vita di un comico in un mondo in cui far ridere ha un prezzo? Non meritava di nascere qui; per questo piangevamo in silenzio ogni qual volta l'idea di un gioco incontrasse l'ostacolo delle nostre finanze, bloccandoglisi sulla punta della lingua smussata; oppure quando una battuta strozzata veniva vomitata in un gesto di stizza e affogata nell'alcol, versato direttamente nei polmoni.

Morì in quel modo. Fui *io* a trovarlo, ma tardi – la stanza era a due metri o poco più; camminavo in testa e loro seguivano me, a passo svelto perché mi era venuto un dubbio: e se fosse stato tardi anche per mamma? Se fosse già morta? Sino a quel momento il pensiero non mi aveva sfiorato: mi ero illuso di avere tempo; e ricordo ancora l'angoscia, l'odio e il terrore che provai; perché tenevo a lei ma ero anche arrabbiato per ciò che aveva fatto. Perso papà, rischiavo di perdere mia madre e avrei dato di tutto per isolarmi dalle cose; per perdermi e stare finalmente bene.

In prossimità della stanza rallentai il passo fino a fermarmi: attraverso la porta aperta potevo vedere i piedi freddi e raggrinziti di mia madre spuntare da un lenzuolo corto. A quella vista cedetti, e fuggii senza dare spiegazioni.

Lei mi guardò esterrefatta: provò a fermarmi ma la spinsi –se davvero mamma poteva essere morta, non c'era più nulla da dire.

4.

La prima cosa che feci fu catapultarmi fuori dall'ospedale per respirare: nel farlo inciampai sui malati e investii chiunque mi bloccasse la strada. Avevo bisogno d'aria perché là dentro era tutto immobile: anche la vita.

Uscito, mi piegai sulle ginocchia –il petto mi bruciava, avendo trattenuto fino a lì il respiro. Quando finalmente inspirai, sul palato avvertii un sapore amaro e la gola mi pizzicò terribilmente. Anche lì l'aria era cattiva.

Quando rialzai la testa, mi accorsi di esser stato circondato. Li aveva attirati il mio agitarsi, non avendo idea che sia accettato farlo dopo un lutto. Solo con Thompson padre avevano perso qualcuno, quelli: tutti gli altri li avevano persi di vista. Che in realtà non avessi subito un lutto era un altro conto: mia madre non era morta –ancora; e se avessi avuto i nervi d'entrare lo avrei visto da me. Semplicemente, l'idea di arrivare troppo tardi aveva ravvivato in me il ricordo di un altro soccorso fallito; e emotivamente non riuscivo a sopportare la prospettiva dell'ennesimo abbandono. Probabilmente la mia ex ragazza aveva anche cercato di dirmelo ma non avevo ascoltato, perché la paura era più assordante di qualsiasi ragione: e *io* ero fragile, quindi gridavo.

Mi sembrò che nella loro lingua del corpo quelle persone dicessero: è proprio lui, pretendendo la resa dei conti. *Io* non sapevo che dire, né riuscivo a dare spiegazioni. Mi urlavano: *perché non ci aiuti?* e poi: *ci salverai?* Tutto in silenzio e anch'*io*, tremando, tacevo.

C'era anche *lei*, coi suoi occhi di mare: tossì, smettendola di trattenersi. La macchinetta le rimbalzò sul petto, e certa di non essere vista si piegò anche lei, sopraffatta dagli spasmi. Non aveva più accanto il bambino; seminato, forse, per venire a cercarmi. Allora capii. Non c'era speranza per nessuno.

L'alba restava nascosta dietro una cortina di fumo, e quindi non sorgeva: il giorno nuovo si ostinava a non mostrarsi a Stutter Road, e sotto quel velo di morte camminavo nel silenzio da solo.

Dove fossi diretto non lo sapevo: non avevo meta già da un po' –più o meno da quando avevo raggiunto quella fasulla, chiamata fama. Mia madre mi era sembrata morta e *io* non seguivo più nessuno: la strada si era spopolata, e un passo alla volta esploravo quei vicoli muti che erano stati di mio padre e prima ancora di chissà chi. La storia non li avrebbe ricordati.

Fu tra questi pensieri di poco valore -perché inespressi- che finii senza rendermene conto alla bocca chiusa: il cimitero senza nome intitolato al figlio senza bocca del Dio delle Parole –unica destinazione verso la quale siamo tutti destinati.

Nessun corvo gracchiava.

Penso non si conosca mai del tutto un cimitero – questa è una cosa di cui mi sono reso conto crescendo: muta come la Lingua, che solo morta resta uguale. Il silenzio vince sempre, per questo non poteva morire, se la morte altrui era la sua vita. Sarebbe cambiato in eterno come cambia qualsiasi cosa si maneggi: i monti, la natura, l'eredità del tempo. Solo *St.* rimaneva uguale: lei sì perché morta.

Avendo imparato a conoscere i cimiteri di *B.*, non riuscivo a trovare alcuna logica in quello: non c'erano sezioni, né piani: solo lapidi prive di dicitura, o indicazione: i residenti erano anonimi, e non si potevano distinguere –derubati in vita del futuro, nell'eternità erano stati privati del passato. Così, dopo aver abbandonato ogni speranza di trovare la sua tomba, mi inginocchiai davanti a quella che poteva essere la lapide di mio padre come no. Non importava, perché siamo tutti la stessa cosa nella morte.

Ricordai allora le volte in cui mamma mi aveva mandato a riprendere papà. Il suo vizio di far ridere ci aveva logorati non solo economicamente ma come famiglia; per questo ormai non si guardavano nemmeno più negli occhi, loro due. Toccava a me recuperarlo. Ero un bambino ma avevo il compito di rimetterlo in sesto perché andasse a lavoro. Di lì a poco avrei incominciato a lavorare anche *io*: non avrei riso più. Finiva sempre per fare il giullare nei bar, papà; acquistando battute in stock, spesso fallate –con le risate si pagava da bere, ma dopo tanti anni non sapeva più far ridere senza bere prima. Ho perso il conto delle volte: era meccanico. L'ultima volta però non la scordo. Lo trovai accasciato a terra, in piena notte tra l'indifferenza generale: farfugliava cose senza senso, e il suo pubblico era troppo ubriaco per accorgersene. Avevo dodici anni e quando entrai sentii una stretta al cuore simile a quella provata vedendo i piedi di mia madre. Mi inginocchiai quindi, e lo scossi, solo che aveva gli occhi rovesciati e era incosciente. Ripeteva:

"Ridono? Ridono?".

Andai dagli adulti per attirarne l'attenzione: mio padre stava male, stava morendo ma non potevo chiedere aiuto. Uscii e Speechlesstown era deserta: provai a gridare ma ogni tentativo mi si strozzava in gola. Quando finalmente trovai qualcuno era già tardi.

Con la malattia di mia madre, mio padre era stato un pensiero costante: tutto mi metteva sulla lingua il suo nome; forse perché per risolvere con la prima sentivo di dover accogliere il ricordo del secondo, che avevo allontanato troppo a lungo quasi fosse mia la colpa della sua morte e sua la colpa delle mie disgrazie, non avendolo avuto come guida. Coperto del suo stesso vomito farfugliava:

"Ridono?", parlando a credito.

Finsi di ridere *io*, ricordo. Morì con il sorriso.

Non ce la potevo fare a rivivere quell'identico dolore con mia madre... Se ero entrato nella bocca chiusa era per fare pace con mio padre, quando però non riuscii a trovarlo, sentii di aver perso mamma del tutto. Finii allora per piangere più forte, dandomi la colpa. Se solo mi avesse raggiunto, dicevo, saremmo stati bene, avremmo vissuto con le parole di Thompson e non avrei perso anche me stesso. Una parte di me si odiava, e la odiava, e odiava *lei*: cosa le avesse spinte a una simile fierezza non lo capivo e ero troppo stanco per provare a farlo. In un nuovo padre avevo cercato il mio, e ora non potevo più trovare il vecchio. Un'altra madre non la volevo: dovevo rimediare.

Nel palazzo dirimpetto al mio, giunto alla sua porta bussai allo stipite non essendoci battente. Mi aspettavo di trovarla a casa invece era ancora a lavoro, così ad accogliermi venne il figlio e quei suoi profondi occhi di mare. Teneva però lo sguardo basso, leggermente umido. Forse si sentiva ancora leggermente male.

"Ciao" Gli dissi sorridendo, in imbarazzo, sperando che non ricordasse della mia scenata e mi potesse dare indicazioni.

Non rispose né mi chiese che volessi –dovevo averlo svegliato, e non ci stava capendo granché. Con un pugno si grattò gli occhi cisposi e attese. Avevo preso la colazione per strada. Non era stato semplice, perché quasi tutti i locali avevano chiuso per fare spazio alla centrale. Nel vedere da mangiare, il piccolo sgranò gli occhi e si fece improvvisamente vispo: mi accorsi solo allora di quanto fosse pallido.

Poiché me ne stavo impalato fuori dall'uscio, mi prese la mano e mi tirò in salotto. Lungo l'ingresso ebbi modo di ripercorrere a ritroso il tempo attraverso centinaia di fotografie attaccate alle pareti: c'era una forma d'arte nella loro disposizione. Raccontavano mille storie e osservandole vi si poteva leggere una vita.

Ci sedemmo sul pavimento e anche se continuavo a incalzarlo con mille domande sulla madre, *lui* si limitava a mangiare con lo sguardo quello che avevo portato. Non rispondeva nemmeno a mie spese, e con gli occhi si limitava a lanciare sguardi alla macchinetta fotografica sopra al comò. Così, alla fine, lo lasciai mangiare.

Avevo la borsa con me e la posai accanto al divano: ero pronto perché sentivo che il mio tempo a Speechlesstown fosse finito. Non sarei più tornato. Quella colazione era solo modo che avevo per dire loro che mi dispiaceva, nel linguaggio dei fatti.

Avrei mangiato anch'*io* ma il ragazzino lo fece con tale foga da farmi passare l'appetito! Mangiò per tre, e una volta finito si mise a giocare. Sembrava stesso meglio, e ne fui felice: forse aveva solo bisogno di quello.

Rimasto come solo, mi alzai a studiare le foto che era stata *lei* a scattare. Se avevo corso il rischio di cercarli era perché in fondo mi sentivo responsabile: dopotutto, prima o poi arriva per tutti quel momento in cui la natura costringe ad una scelta. Con Piuma la mia scelta era stata sbagliata; con *lei* invece la scelta fu obbligata. Ricordai la lettera solamente allora: anche loro andavano salvati.

Chi era il padre del bambino? Trovatasi a dover superare la mia partenza, forse si era fatta abbindolare dalla promessa di una vita aggettivata. Erano state le sole parole che un uomo le avesse rivolto, quelle che l'avevano ammaliata? Probabilmente amò quel tale: ne amò anche i soprusi; partorendo giovanissima il frutto di un amplesso trattenuto. Una volta abbandonata, poi, si era forse resa conto di quanto fossero infedeli le parole? Non lo sapevo, ma mi piaceva pensare che i nostri percorsi, anche se opposti, fossero stati simili, nelle scoperte. Le mille foto alle pareti parlavano di *lei* come pagine di un libro fatto di lacrime, e quindi vero, ma passeggero.

Certo di non essere visto, ne presi una che li ritraeva insieme: madre e figlio. Non so perché lo feci: forse sentii il bisogno di portare via con me un ricordo che non svanisse. Era malata, e presto lo avrebbe fatto: lo sapevo solo *io*. Erano tutti ammalati, nel nostro ghetto. E quando la malattia non era nella carne, era nel cuore come rabbia, dipendenza, ottusità. In quella foto invece *lei* era bella e lo sarebbe rimasta in eterno. Anche quello era un attimo che dura per sempre! Sorrideva, e faceva sorridere anche me.

Distrutto, feci per andare via ma sul più bello mi sentii tirare. Avevo il cuore in frantumi e correvo per trattenere i pezzi, ma il piccolo mi afferrò la mano con le sue quasi cercasse di ricompormi. Impedendomi di andare, mi tirò dentro: voleva giocare e non ebbi il coraggio di dirgli di no. Alla fine ci divertimmo così tanto da perdere la concezione del tempo, che sarebbe dovuto stagnare e invece volò: *lui* mi mostrava quei pochi giocattoli che aveva e io fingevo di essere il buffo *Magistro* di mio padre, facendolo ridere. Con la macchinetta, scattai persino delle foto, e lui mi mostrò come: aveva occhio. In un certo senso, quello era il suo unico occhio. Lo specchio sulla anima.

Mi sentii bene. Passammo tutta la giornata in quel modo e ce ne accorgemmo solamente quando la madre tornò: al suo arrivo era sera e il tramonto stava mettendo a fuoco il cielo mentre gli altiforni continuavano a dar fuoco a Speechlesstown.

Nell'entrare, il suo sguardo stanco si trasformò in sorpreso perché col figlio stavo costruendo una torre sul modello di quella della *GoG* in Paper Street, e avevamo raggiunto il soffitto. Sembravo anch'io un bambino e fu il suo stupore a far crollare il nostro mondo.

Allarmata, lo allontanò, tirandolo via: tutt'insieme rivelò la propria stanchezza e l'esaurimento. Fu quasi sul punto di urlare. Lo avrebbe fatto, se avesse potuto.

Non avevo notato prima quanto fosse smunta e emaciata: eravamo stati insieme poco, e sempre al buio –a quella distanza invece mi sembrò irriconoscibile: quasi un fantasma! Logorata nella bellezza perché nella salute. Tastò la fronte del figlioletto e la baciò più volte, quasi avesse corso un rischio a stare insieme a me e avessi contribuito a farlo star male. Con gli occhi mi chiedeva cosa gli avessi fatto, come se fossi un mostro; eppure eravamo stati bene! Con le scarpe sulle mani, gli avevo raccontato cento storie divertenti, facendolo piegare dalle risate come con me aveva fatto mio padre. Neanche il mio *Magistro* ammoniva: invogliava a parlare nel modo giusto, perché avevo scoperto che la sola ragione per cui il piccolo non parlava era che non sapeva farlo per nulla.

È un rischio reale, questo, di cui non ho parlato. Da voi accade di rado; da noi più spesso perché quando si cresce nel silenzio può accadere non si impari affatto a parlare. Problemi all'udito tendono a causare problemi verbali; che è come dire che se non si incassa non si può spendere: strategia lineare, che si adatta anche a chi scrive senza leggere. Ma non parlare, invece, è non farsi mai ascoltare, e questo impedisce di esprimersi; di sgonfiarsi, portando ad esplodere, se non si trova un'altra valvola di sfogo. Che da noi, però, non è concessa. Quel piccoletto aveva la fotografia come valvola, ad esempio. E in quello era bravissimo perché la madre gli aveva insegnato già tutto, e mostrava una spiccata sensibilità per le varie inquadrature, le esposizioni e quant'altro –non ci capivo molto. Sarebbe sempre stato un limite però, e mi intristì, quel fatto: forse è per questo che gli parlai tanto e lo feci ridere. Infantilmente, speravo di attivare in lui qualcosa di sopito. Purtroppo era tardi: alla sua età non poteva più imparare, e quindi il suo futuro era segnato. Per questo non aveva un nome: sarebbe stato condannato a Speechlesstown.

Conosceva solo il linguaggio dei segni, che era illegale. Nessuna madre avrebbe dovuto permetterlo; quindi non ero *io* il cattivo esempio, mi dissi: ma *lei*! Era ingiusto strapparmelo!

Mentre pensavo queste cose per puro egoismo, ricordo quanto muovessero velocemente le mani i due, come se litigassero. Capivo solamente che *lei* ripeteva al figlio: *va' a letto!*, e alla cosa reagii facendo per andare via, perché sentivo di aver chiuso con il ghetto. Alla porta però mi sentii tirare un'altra volta: era *lei*, venuta a urlarmi gesti che non capivo. Frustrato, le dissi:

"Parlami!", perché ero stanco di girarci intorno e volevo capire cosa odiasse di me; solo che il mio invito la indignò di più, dato che si sentiva una prostituta a parlare a mie spese, e mi odiava per essere scomparso senza preavviso.

"Ti ho scritto! Ti ho scritto" Replicai, però non mi credette e quindi mi spinse.

L'avevo abbandonata a quella vita, secondo *lei*: e avevo abbandonato anche mia madre; fuggito a respirare aria pulita, da solo. Una volta vista la borsa, non poté non pensare che la stessi abbandonando nuovamente. Scoppiò a piangere quindi, ma senza fare un fiato. Si gonfiò di rosso, e dentro di sé ripeteva: *te ne sei andato!* senza che *io* sapessi cosa dire perché ricordavo di aver scritto ad entrambe, e mi aveva ferito per anni il modo in cui mi avevano ignorato. Per questo: sì, ero fuggito; ma prima ancora *lei* era scappata da me. E sì, avevo abbandonato mia madre, ma da bambino era stato mio padre a lasciarci! Dio, sembravo *io* il bambino, a ragionare in quel modo.

"Voi non mi avete raggiunto!" Urlai alla fine, disperandomi: "Vi ho scritto!" ma non era vero perché quelle lettere, capii, non le avevano mai avute, e quindi era come se mentissi.

La ragione era Thompson –Thompson figlio, ancora una volta. Ricordai quanto si fosse incupita alla sua vista –e chissà quante cose si doveva essere chiesta, in quel momento. Doveva odiarlo; disprezzarlo per ciò che aveva fatto. E poi le voci che doveva aver messo in giro, dalla mia assenza! Con le lettere e le tante mie donazioni, Thompson aveva messo a tacere il quartiere. Quel linguaggio dei segni invece lo aveva inventato *lei* per il figlio, non avendo altre parole da fargli usare. Se lo aveva diffuso era per dar voce a chi non l'aveva: cosa che *io*, invece, non avevo fatto pur avendone sempre avuto il modo.

Era una buona madre. Semmai, ero stato *io* un pessimo figlio. Per mia madre e per Speechlesstown.

Dopotutto, chi l'aveva finanziata la *Voce*? *Io*, senza saperlo. E quel partito, insediatosi grazie alla promessa di un'uscita da Blabbermouth, aveva permesso a T. di ampliare le proprie finanze e comprare l'ordine; sfoggiando onestà nonostante i registri non presentassero conformità tra piano dell'espressione e del contenuto –in questo modo, *St.* era diventata un inferno violento e sottomesso, nell'indifferenza generale.

Se me ne fossi voluto andare, quello sarebbe stato il momento migliore: potevo tornare a *B.*, dove erano avanti di decenni; perché se si intendono i rapporti umani come transazioni, allora *St.* non aveva nulla da darmi, e non c'era nulla che potessero dirmi per potermi far restare. Magari saremmo rimasti del tempo a discutere, a mani vuote; fissi nelle nostre opinioni –*lei* accusandomi di una cosa, *io* di un'altra; immobili nelle nostre posizioni. È così che fanno tutti, dalle mie parti.

Avevo risposto al messaggio in ritardo: una mano me l'aveva chiesta anni prima; ma non essendo tornato, si era aiutata da sé, come la donna forte che era. Vi scongiuro, allora: non diventate questo –a voi che parlare non costa nulla, parlate! Fatelo sempre, senza paura di cambiare idea o farla cambiare. Non nascondete nulla, non trattenete nulla. Non parlate a vuoto ma fatelo per colmare un vuoto. Per voi che la parola non è moneta, spendetela. Noi le abbiamo dato troppa importanza: ne ha, ma solo quando aiuta le persone. Una parola che non aiuta nessuno, non è nulla. Anche voi state iniziando a farlo: spero che questo avvertimento sia letto in tempo.

Me ne sarei potuto andare e se non lo feci fu per *lei*, perché iniziò a tossire sempre più forte, fino a soffocare. Si piegò a terra allora, e tutta rossa e con le vene del collo che affioravano bluastre, prese a tossire, e ad ansimare, cercando in tutti i modi di riprendere fiato, senza riuscirci. Non sapevo che fare, e mi agitai. Suo figlio si affacciò e la prese per mano, come un ometto. La condusse in bagno dove sentii tossire ancora, e quindi rimettere.

L'agitazione aveva colto *lei* e paralizzato me: attesi fuori; era malata e quello sapeva, e lo affrontava con coraggio nonostante non stesse al meglio *lui* per primo. Doveva. Era stato inutile nascondergielo: quante volte aveva visto sua madre accudire la mia? Era forte perché doveva ma forse dentro piangeva, così lo feci uscire. Mi sedetti *io* sul pavimento accanto a *lei*: all'inizio fu schiva ma poi si lasciò stringere, e finalmente pianse.

"Va' via" Mi disse a voce; e la cosa mi sorprese perché la gola doveva farle male ma non quanto l'idea che la vedessi fragile.

"No" Le risposi seccamente; e poiché suo figlio era stato così bravo con *lei*, *io* dovevo andare da mia madre e accudirla; a prescindere da quanto mi mettesse paura farlo.

A questa notizia *lei* annuì, si pulì la bocca con una mano vergognandosene e fece per alzarsi, come se andasse fatto subito.

"Ferma!" Le dissi bloccandola, perché doveva mangiare, riposarsi.

L'aiutai ad alzarsi e la portai a letto. Con le mani mi diceva che non poteva, che non avevamo tempo: una nuova carovana di persone avrebbe raggiunto Stutter Road quella notte, e dovevamo aggregarci perché non era sicuro andare soli.

Non l'ascoltai nemmeno. Le feci scivolare i capelli di lato, e rimboccatole le coperte feci entrare il bambino perché la vedesse, e si tranquillizzasse, e potesse abbracciarla. Non dormiva da due giorni e crollò mentre parlava, con la testa sul cuscino, la mano in quella di suo figlio. Col suo sognare, la casa tornò immobile: toccava a me preparare da mangiare al figlio e quindi a *lei*. Solo dopo aver finito mi sedetti, col piccolo che mi si addormentò sopra le gambe. Gli accarezzai i capelli, e mentre lo facevo mi chiedevo quale fosse il nome giusto per lui. Dal divano potevo vedere la madre dormire e controllare anche l'ingresso. Sorrisi, perché mi piaceva quel momento, e nonostante tutto mi sarebbe piaciuta quella vita.

Fu così che mi addormentai anche *io*.

5.

Svegliai entrambi un paio d'ore dopo la mezzanotte e dopo aver fatto colazione uscimmo insieme in direzione dell'ospedale.

La notte era fresca, anche se immobile: mi ricordava quelle della mia giovinezza. Non si udiva un fiato, e questo mi faceva pensare che *St.* non dormisse, perché non si sentiva neanche russare.

Conoscevo la strada, quindi guidavo *io* il gruppo, tenendo il piccolo per mano da una parte e *lei* sottobraccio nell'altra; sorreggendone la debolezza. Naturalmente non poteva andare a lavorare in quelle condizioni; né continuare a vivere in quel quartiere facendosi curare dai vicini. *Lui* invece non poteva restare a casa solo, mezzo malaticcio nel cuore della notte.

"Verrai con me:" Le dissi: "verrete entrambi".

Non rispose, forse perché non ci credeva. Si limitò a rispondermi:

"Sta' attento: qui è pieno di occhi", ripagandomi con quel consiglio per ciò che le avevo dato.

I poliziotti erano ovunque e sapevo di dover salvaguardare l'ospedale.

"Dobbiamo fermarci in un posto, prima" Dissi però, senza ascoltare obiezioni.

Nascosta dagli alberi ammalati, la panchina di Thompson padre sfuggiva allo sguardo dei passanti; trascurata fino alla ruggine. Su di essa era stato riversato l'odio per il figlio, quindi c'erano tagli, graffi e offese mute –per me però era ancora il luogo di qualcosa di vero, perciò non me l'ero sentita di superarla senza salutarla. Su quella panchina la mia vita era cambiata: nel bene e nel male. Non volli sentire ragioni: sederci un istante era il minimo che potessimo fare per ricordare. Più volte *lei* provò a avvertirmi della presenza degli occhi e delle orecchie di Thompson figlio nel quartiere –continuai a invitarla a sedersi per respirare, e vista la mia insistenza alla fine accettò.

Suo figlio aveva ripreso a dormire: eravamo soli, quindi, e non lo dimenticherò mai. Il parco P ci salutò piegandosi a una brezza assolutamente inaspettata, e quindi piacevole. Scuotendosi, lo spelacchiato parco ne venne scrollato per la gioia degli alberi, che come *lei* si accorsero solo allora del bavaglio che tenevano alla bocca da una vita –rami interi erano nati e caduti senza aver mai respirato il vento. Si avvicinava un cambiamento, perciò dissi di getto:

"Lo sapevi", perché stando là mi tornavano alla mente quelle parole non date, ma sentite.

Piansi, e per non svegliare il bambino *lei* mi mise una mano sul volto, con dolcezza. Anche stanca era bella, e glielo si leggeva negli occhi che sapeva: sapeva che non avevo mai voluto altro che esprimermi; sapeva che ero stato trascinato nell'indifferenza dalla fama, la debolezza e il piacere; sapeva che volevo rimediare per davvero, e che mi sarei preso cura di loro, portandoli a B. –avremmo vissuto sulle Hills: *io* avrei scritto e loro due imparato. Sapeva tutto questo perché me lo aveva letto dentro e perché tremavamo assieme, sotto la brezza.

"Lo sai ancora" Rispose allora prima di darmi un bacio silenzioso: l'ultimo, l'unico.

Restammo a godere di quella brezza sino a che non si esaurì.

Con la macchinetta al collo, scattò una fotografia mentre io, perso nel momento, tenevo la sua testa su una spalla e la guardavo.

"Che vuoi dirmi?" Mi chiese allora, togliendo l'occhio dall'obiettivo per sorridermi con imbarazzo.

"Niente" Risposi io. "Le parole sono per i momenti mediocri, e questo non lo è".

Finalmente lo avevo capito.

Sarei rimasto sulla panchina di Thompson per sempre ma il vento si smorzò e tornò il ricordo di quello che dovevamo fare –così, preso il piccolo in braccio tornammo al nostro pellegrinaggio.

Lo portai *io* fino all'ospedale perché *lei* mi assicurò di farcela a camminare sola –anzi, lasciatasi cadere sul petto la macchinetta fotografica, volle accelerare il passo visto che aveva un brutto presentimento. Le strade e i palazzi erano pieni di sostenitori del regime: uomini ignari delle parole sottrattegli, e capaci di fare comizi in favore delle falsità promesse. Di questo erano stati persuasi dal *Quindici Milioni Di Parole*, che era lo strumento attraverso il quale, nell'illusione, veniva mantenuto l'ordine. Per quelli, i dissidenti come *lei* erano l'unica ragione per la quale la *VoSt* non riuscisse a governare. Dalle finestre e accanto ai nomi ne sfoggiavano l'effige. Eppure erano proprio le persone che non potevano permettersi di parlare le uniche a conoscere la verità.

Con le parole giuste alla fine tutto è un equilibrio: si dona quanto si ha avuto e si rende quanto si è ricevuto −e pur non guadagnando in frasi, lo si fa in relazione perché è di altro che ci si dovrebbe sdebitare. Lo stesso accade nella fede, che è imperfetta come imperfetto è l'uomo, e di più penso non sia lecito aspettarsi; come poi non ci si aspetta verità dalla parola ma per lo più egoismo e prevaricazione. Come ho detto, non sono fedele ma ho cercato spesso quella pace che da alcuni è detta Dio, o non detta affatto: forse perché in un mondo senza voce, Dio non può tacere; anche se troppo spesso a parlare per Lui è soltanto l'uomo, che a Speechlesstown diceva falsità.

Le risposi di calmarsi, comunque; che era paranoica: tutti dormivano, e lungo il tragitto avevamo incrociato solamente uno spacciatore che doveva aver avuto l'età che avevo *io* quando partii. Sul volto tatuaggi che urlavano al mondo la sua storia, e con cui comunicava ciò che era o che, forse, voleva apparire. Non se ne sarebbe mai andato da *St.*, era chiaro. Più che i movimenti sospetti perciò, mi turbò l'aver trovato solo quel tale per strada. Ero spaventato, in realtà. A che serviva a Thompson quel corpo paramilitare che chiamava Polizia di Speechlesstown? Imporre il monopolio? Riscuotere i tributi? Manipolare le elezioni? Sapevo già che intercettava le comunicazioni, approfittandone. Un braccio forte solleva da qualsiasi diritto; e quando le persone riescono a trovare le parole per insorgere, è esso a farle tacere.

Giungemmo all'ospedale senza problemi. Fu lì che i nostri guai presero forma.

Nei pressi dell'ospedale, Stutter Road sembrava quasi una sub-società con dinamiche proprie e usanze indipendenti –era sorprendente come tutto filasse liscio: si parlava il linguaggio dei segni e si pagava con le foto. Quasi dimenticai quanto fosse putrescente l'aria e fetida la gente: trovai speranza in *St.*, quel poco che durò. Nel passare, suscitammo una certa curiosità tra tutti perché *io* ero comunque un estraneo, e la paura dello straniero è tipica tra chi non ha tante parole da spartire e preferisce usarle per affermare i propri spazi.

Il ricordo della scenata che avevo fatto la notte precedente era vivissimo, per questo molti membri della gang non vollero farmi passare all'entrata. Mi presero di forza, bloccandomi. *Lei* cercò disperatamente di spiegare a gesti le mie ragioni, ma quelli non vollero ascoltare –non piacevo a nessuno: dicevano che se avessi continuato a frequentare l'ospedale prima o poi li avrei fatti beccare perché non esce nulla di buono dalle persone che vantano opinioni. Erano mesi che mia madre aveva perso la speranza di aspettarmi e la stavo deludendo. Questo pensiero accese in me un moto d'orgoglio, e divincolandomi per prendere spazio gridai a quei tali:

"Ero uno di voi!", suscitando scalpore.

Poiché non si aspettavano di vedermi parlare, la cosa li stupì tanto quanto li avrebbe stupiti sentir parlare un cane. Sfruttando l'esitazione ripresi, e dissi:

"Ora non lo sono più e la colpa è mia. Vi ho delusi. Lo ammetto, odiavo questo posto perché il silenzio si è portato via mio padre: adesso vuole prendersi mia madre però, quindi aiutatemi".

Ancora una volta, pendettero dalle mie labbra, che dovevano sembrare d'oro come i biglietti della lotteria. Stavo correndo un rischio: mi avrebbero potuto aggredire e derubare, perché in molti in fondo erano solamente criminali e senza tetto. Sentivo di potermi fidare però: sentivo che dopotutto avrebbero capito che non ero io il nemico.

"Lasciatemi passare e racconterò ogni cosa. Datemi le foto, e darò al mondo le prove: perché devono sapere cosa succede qui. Devono sapere cosa vi hanno fatto".

Oggi, finalmente, ho mantenuto la promessa.

A ascoltarmi non erano più solo i membri della gang ma ammalati, persone comuni, bambini lasciati soli a loro stessi. Uno di loro portava delle vecchie scarpe nere rattoppate, e nel vederlo il cuore mi si sciolse.

Mi lasciarono passare, e con il bambino in braccio risalii i corridoi del palazzo sino a raggiungere la stanza di mia madre al primo piano –al mio passaggio, tutti si facevano da parte perché avevano sentito, e domandavano:

"*Ci salverai?*"; se a voce o con gli occhi, però, non riuscivo più a distinguerlo.

Ancora una volta mi fermai sulla soglia, perché i piedi loquaci di mamma spuntavano dal lenzuolo corto e il dubbio in me era vivo. Posai il piccolo tra le braccia di sua madre e ricordo che pensai che per essere un buon figlio avevo dovuto imparare a essere un buon padre, come lo era stato il mio. Ricordai le risate di quel pomeriggio, i bei momenti. Mi sentivo un genitore, anche se era presto: avevo uno scopo, e quindi ero pronto –pronto a riparare i cocci infranti. Solo a quel punto entrai.

Lei e suo figlio rimasero alla porta, dandomi spazio: sapevano che passata quella soglia l'avrei trovata piccola, piccolissima; simile a uno scarabocchio disegnato sovrappensiero in un angolo del romanzo dell'uomo, e poi dimenticato –magra, ansimante, malcurata. Volevano che le parlassi da solo ma dormiva, quindi non la disturbai. La camera era minuscola; di pochi metri quadri ma comunque accogliente –altri letti la circondavano, ma erano tutti vuoti, da poco abbandonati. Le lenzuola ancora sporche, maleodoranti; stropicciate.

Era la stanza di chi non si muoveva, ed ora era rimasta solo lei.

Guardandomi attorno mi resi conto di quanto l'avesse vissuta durante la malattia: doveva occuparla da almeno un anno. Se da una parte mi dispiaceva non avesse altre signore con cui non-parlare, dall'altra mi sollevava il pensiero che nessuno la disturbasse più. Il tanfo era tremendo: sapeva di marcio. Una finestra c'era ma era chiusa, e affacciava sulla bocca chiusa. L'aprì, per far passare aria. Al di là c'era una scala antincendio arrugginita, tirata su. Nessuno se ne serviva più da anni.

Il mobilio era minimo: un armadio, una sola sedia e, come ho detto, cinque o sei letti tutti stipati assieme –non di quelli da ospedale ma normali, forse anche scomodi. Non c'erano televisori o radio ma a mia madre non servivano, perché con sé aveva quel vuoto che non la faceva mai sentire sola.

Trascinai la sedia accanto al suo letto e mi sedetti e guardarla dormire. Ricordo di aver fantasticato sui sogni che stesse facendo: papà, la giovinezza. Solo allora aprì gli occhi, svegliata dal frastuono del mio sorriso: non mi vedeva da quella notte lontana, né *io* lei; eppure ci riconoscemmo perché ci eravamo voluti bene, e ancora ce ne volevamo, e c'è una dimensione dello spazio in cui anche se le cose mutano nulla cambia per davvero. Il nostro amore si trovava lì.

Non poteva parlarmi, perché la gola le era marcita e stava morendo. Accanto al letto aveva una bombola d'ossigeno da cui ogni tanto traeva sollievo –dormendo la teneva fissa, ma per me provò anche a toglierla. Non avevo idea di come l'avessero rimediata ma ne ero grato: era quella a tenerla in vita. Sussurrava con un filo di vita e anch'*io* tutte le cose che dissi le pronunciai a bassa voce. Perciò, se ci riuscite, immaginate che sussurri anche la prosa.

Prima di dirle qualsiasi cosa la abbracciai facendo attenzione a non stringerla troppo: sorrideva con gli occhi semichiusi. Le chiesi scusa, anche se non avrebbe voluto: scosse la testa, perché avevamo poco tempo e non potevamo sprecarlo così. Mi fece cenno di chiamare *lei* e il bambino.

"Tua madre ti ha seguito tutto il tempo" Mi rivelò piegandosi per prendere qualcosa da sotto l'armadio.

Ne tirò fuori un tesoro nascosto: il mio romanzo.

Era consumato perché doveva averlo letto cento volte, mamma. Come avesse fatto a procurarselo non ne avevo idea: se gli altri malati lo avessero trovato, glielo avrebbero strappato dalle mani per dividersi il contenuto. Lo aprii e non potei fare a meno di cercare il capitolo che la riguardava e nel quale, anche se col cuore infranto, parlavo di mamma con toni dolcissimi, perché certi sentimenti non te li cancella né la distanza né il distacco. Su alcuni passaggi l'inchiostro si era scolorito, come se ci avesse pianto sopra più volte.

Anche di *lei* avevo parlato, perché la storia di suo padre era particolare e nella vita aveva dovuto affrontare mille avversità ancor prima che me ne andassi *io* e prendesse il sopravvento Thompson. Vedendomene

preso, non mi domandò perché fossi scappato, né perché fossi tornato così tardi –non le interessavano queste cose. Penso non si fosse neanche arrabbiata, tutti
quegli anni: avevo realizzato il mio sogno, dopotutto. Un sogno che non le avevo mai confessato, ma che
conosceva ugualmente, sentendomi nel profondo. È
questo quello che le madri fanno.

Facendomi chinare sino a toccare con l'orecchio le
sue labbra si limitò a domandarmi:

"Sei felice?", e guardando i due ospiti che erano con
noi risposi:

"Sì, ora lo sono"; e di questo fu felice lei.

Quel poco tempo assieme l'aveva già sfiancata:
mancava poco all'alba, e convenimmo fosse l'ora di
andare, perché mia madre aveva bisogno di riposo e il
tempo non era molto.

Le dissi:

"Torno domattina", ma pima di lasciarmi disse
qualcosa a gesti.

"Cosa ha detto?" Domandai, curioso.

"Racconta quello che hai visto"; rispose *lei*, perché
l'indifferenza doveva essere vinta a tutti i costi.

Solo allora mi fu chiaro quanto avesse resistito per
vedermi: si era attaccata alla vita coi denti solo per
potermi rivedere. Sapevo che poteva essere l'ultimo
saluto, quello; quindi era la mia ultima occasione per
dimostrarle che sarei stato d'aiuto.

"Lo farò" Le promisi; poi le baciai la fronte e feci
per uscire quando un trambusto improvviso scoppiò
per strada, facendoci trasalire.

Mi affacciai alla finestra: la vista non dava sull'entrata ma si poteva intravederne l'angolo oltre il quale
si apriva. Da lì notai decine di uomini e di donne cor-

rere alla rinfusa, disperdendosi. Tonfi d'arma da fuoco esplodevano facendoci salire il cuore in gola. Guardai *lei*: disperate, le donne cercavano i propri bambini mentre gli uomini si scontravano e cadevano. Non capivo –chiesi:

"Che cosa succede?", e *lei*:

"Ci hanno trovati".

Marciando sull'ospedale, una schiera di agenti della *PoSt* in tenuta antisommossa si apriva la strada a suon di manganellate, sparando a altezza d'uomo sulla folla; lasciando parlare i colpi. Non so dire quanti fossero perché non avevo la visuale libera: dai passi stimai fossero in cento, almeno –forse di più. Come avessero fatto a trovarci era un mistero: era impossibile che qualcuno avesse parlato eppure lo stemma sulla divisa non lasciava dubbi: era la polizia di Thompson.

"Cosa vogliono?" Urlai, ma quella mi mise una mano sulla bocca per intimarmi al silenzio –dovevamo andarcene.

Trasalimmo di nuovo per via degli urli smorzati. In strada la gente moriva, e i tonfi contro l'entrata facevano tremare l'edificio. Isolate, poi, sentivamo pietre che colpivano gli scudi dei poliziotti, poi colpi di pistola, e cariche: la resistenza faceva quel che poteva.

Resosi conto della situazione, il bambino si nascose sotto al letto perché la madre doveva averlo istruito a quel modo. La mia di madre invece fu colta da una crisi e incominciò a boccheggiare, cercando il mio aiuto per raggiungere l'ossigeno. Per farla calmare le dissi:

"Non è niente", ma attraverso la porta vedevo le persone correre a destra e sinistra nel panico, in cerca di un rifugio che non c'era.

Solo *lei* mantenne la calma, forse perché preparata

all'evenienza. Tiratomi via, mi ordinò di spostare l'armadio in modo da bloccare la soglia intanto che scavalcava la finestra. L'armadio non avrebbe retto ma ci avrebbe dato tempo, perché l'idea era di scappare per la scala antincendio e nasconderci nella bocca chiusa. Intanto sentivamo grida strozzate e colpi sordi, che a suon di ossa frantumate e crani fatti esplodere spalancavano le porte –ho ancora nelle orecchie quel rumore orribile; tanto forte da giungere sino a noi.

"Non possono fare così! È una barbarie" Urlavo io, incredulo.

"Certo che possono", mi rispondeva lei, cercando di farmi ragionare prendendomi il volto tra le mani.

Di tanto in tanto, dalla scala *lei* scattava delle foto per immortalare quell'orrore. Aveva ragione: il più dell'esercito caricava l'ingresso e solo in pochi rincorrevano i fuggitivi –se fossimo riusciti a calarci di sotto, il cimitero sarebbe stato a pochi passi e una volta scavalcato ci saremmo potuti nascondere quanto serviva. Dovevo soltanto trovare il modo di calare giù mia madre, ma magari potevo caricarmela sulle spalle se *lei* pensava al figlio. L'unico problema era che la scala non scendeva: era talmente arrugginita da essere bloccata.

Quando uscii per aiutarla, sentimmo un tonfo più assordante dei precedenti –non ci fu neanche bisogno ci voltassimo: sapevamo che erano entrati nell'ospedale, e il suono dei fumogeni e gli spari non fecero che confermarcelo. Così, poiché *lei* era debole e non ci riusciva, incominciai *io* a prendere a calci i gradini per rompere le incrostazioni. Mi bastò alzare gli occhi oltre la ringhiera per capire di avere poco tempo: sotto di noi un gruppo di agenti colpiva a sangue un uomo preso alle spalle. Lo pestarono così forte che feci fatica a riconoscerlo, dopo che se ne furono andati: era il vecchio Bill, che con le parole messe da parte per quella canzone urlava:

"Mi uccidono!", nell'indifferenza delle istituzioni.

Il cuore mi esplodeva e la testa pulsava –i pensieri si confusero, e non mi preoccupai più di fare piano perché la *PoSt* stava salendo e lungo il tragitto colpiva chiunque fuggisse o facesse resistenza, senza un lamento. Chi veniva interrogato finiva pestato a sangue. Manganellate sul volto, sulla schiena, sulle costole; pugni sugli occhi, sul naso, sui testicoli, fino alla tumefazione; oggetti inseriti a forza nel corpo, sigarette bruciate addosso. Era una carneficina.

Mentre scalciavo, *lei* rientrò per aiutare mia madre ad alzarsi, portandola alla finestra –più complicato fu tirare fuori il figlio da sotto il letto, perché si era aggrappato con le unghie.

In quei colpi incanalai l'odio per Thompson e la rabbia che provavo per ciò che stava facendo: i suoi uomini erano al nostro piano e con calci e spallate cercavano di buttare giù l'armadio. Sentivo il piccolo strozzarsi tra le lacrime, *lei* tossire e mia madre ansimare, quindi colpii e colpii più forte sino a che, simultaneamente, la scala si sbloccò e l'armadio cadde, in un tonfo terrificante.

Tornai immediatamente indietro per aiutarli a uscire, ma era tardi: erano dentro.

"Fermi!" Urlai: "Fermatevi!".

Ci fu un tale trambusto che non ci capii molto. Come mietitori, i poliziotti colpivano a destra e sinistra tutto quello che si muoveva, senza fare domande, senza pensare, solo ubbidendo.

In quel momento un colpo raggiunse mia madre sulla nuca mentre cercava di alzarsi –ho ancora negli occhi i suoi occhi che si spengono. Mi morì davanti, senza che potessi fare nulla.

Straziato, gridai di dolore e mentre cadeva accasciata senza vita, feci subito per rientrare: a colpirla era stato un ragazzo; anche se con la divisa sembrava un uomo. La verità era che aveva la mia età al tempo in cui partii. Il volto tinto di inchiostro. Lo riconobbi per quello: ci aveva seguito –non era un vero spacciatore...

Accanto a lui marciava Thompson in persona, circondato da una scorta che lo proteggeva. Mi vide subito e disse:

"Te l'avevo detto che avremmo scambiato ancora due battute".

Accecato dalla rabbia, strinsi il pugno pronto a morire pur di colpirlo in bocca una sola volta. Mentre cercavo di rientrare per afferrarlo *lei* mi spinse fuori però, facendomi cadere –in braccio teneva suo figlio e anche se uno di loro le tirava i capelli, strattonandola a denti stretti, mi passò il bambino lanciandomelo tra le braccia col rischio di farlo cadere. In mano *lui* teneva la macchina fotografica, come se *lei* l'avesse affidata a entrambi. Non riusciva urlare ma se avesse potuto lo avrebbe fatto, perché i capelli le si staccavano a ciocche e la schiena le se piegava per le manganellate che riceveva mentre compiva quell'ultimo gesto. Non avrebbe mai lasciato che prendessero suo figlio.

"Lasciatela stare!" Piangevo *io* ma *lei*:

"Portalo con te!" Mi urlò: "Andate via!" mentre cercava in tutti i modi di trattenerli per darci un po' più tempo.

Poi si udì uno sparo, e delle voci urlarono:

"Prendeteli! Prendeteli".

Entrambi piangevamo ma c'era enorme differenza tra i miei singhiozzi codardi e la sua forza –non me ne sarei mai andato, soprattutto con Thompson lì a istigare alla violenza: fui costretto a farlo però. Col sangue tra le mani, strinsi il bambino più forte che potevo per difenderlo dagli altri. Decine di colpi le raggiungevano il corpo e il mare che aveva sempre mostrato in volto ora le si tingeva negli occhi di rosso, mentre sotto gli ordini del proprio dittatore il ragazzo dal volto tatuato riusciva a sgusciarle sotto le braccia per uscire fuori, cercando di afferrarci.

Col piccolo in braccio, scesi i gradini della scala antincendio tenendomi con una mano sola, e da metà saltai disotto, rischiando di rompermi le caviglie perché *lui* si disperava in cerca della madre, e mi stava per far cadere.

Dalla strada, guardai un'ultima volta verso la finestra: Thompson le stava sopra e ne colpiva il corpo con odio cieco, per frustrazione. Intanto urlava, coprendo la sua voce che senza fiato sussurrava:

"Lo sai", fino a spirare –il viso rotto; gli occhi già chiusi: fu l'ultima volta che la vidi, perché tirandola dentro la fecero sparire.

Affacciandosi, Thompson mi indicò e gridò, rosso e umiliato:

"Prendetelo!", perché aveva solo quello in testa.

"Fermo! Per Thompson!" Mi ripeté il ragazzo mentre scendeva le scale; come se fosse quella l'autorità cui mi dovessi piegare.

Presi a correre in direzione della bocca chiusa più in fretta possibile, senza voltarmi; avvertendo in lontananza colpi di pistola sparati a mezza altezza, per colpirmi –assieme a lui ci dava la caccia un suo collega. Sempre un ragazzo; perché le dittature trovano la propria fortuna tra chi non ha un'identità ben definita: i giovani, gli ignoranti e gli insicuri.

Al cimitero dovetti scavalcare il muretto issando prima il bambino –raggiuntolo al di là nell'aldilà, saltammo giù, cercando un nascondiglio in cui infilarci.

Non sapevo che fare! Alcune tombe erano scavate per metà, con tanto di vanghe e pale a terra. Nel panico, ci calai dentro il piccoletto prima che i poliziotti scavalcassero.

"Accucciati!" Gli dissi: "Sarò qui, non preoccuparti –papà è qui".

Le nostre madri erano morte e non avevamo che *noi*: usare quella parola in quel posto significava non essere soli; avere qualcuno accanto come guida. Calmatolo allora, con una pala lo ricoprii di terra in modo da nasconderlo a uno sguardo poco attento; sperando si concentrassero solamente su di me.

Con la pala in mano, mi allontanai di qualche lapide nascondendomi come potevo, in attesa. Quando arrivarono trattenni il fiato, mettendomi una mano sulla bocca perché il cuore mi gridava dal petto e non volevo si sentisse –non li udivo parlare e la cosa mi agitava: non sentivo nemmeno i loro passi. Dovetti sporgermi e così notai che tra di loro usavano il linguaggio dei segni: forse, quella dell'ospedale era stata una guerra per appropriarsene.

Si divisero: uno setacciò la destra l'altro la sinistra dove mi trovavo *io*. Rimasi nascosto nel buio più fitto: per cercarci usavano le torce e quando uno puntò la luce verso la tomba in cui avevo nascosto il bambino, il mio cuore quasi esplose.

Strinsi la pala più forte e mi preparai a tutto. Fortunatamente non lo vide, e così andò avanti.

Esiste un detto a Blabbermouth che dice: *concentrandosi sul verbo ci si dimentica il soggetto*; il che ha molti significati ma il più comune è: fissi su un problema, dimentichiamo l'altro. Già stavo emettendo un sospiro di sollievo quando alle spalle mi colse di sorpresa quel ragazzo col volto tatuato, che prese a colpirmi.

Persa la pala, non potei fare altro che proteggermi il volto come potevo, cercando di non urlare per non attirare il compagno. Mi colpì cinque, dieci volte; arrivando a farmi sanguinare tutto, spezzandomi il naso, un labbro, il sopracciglio; e anche se sentivo di voler svenire, il pensiero del bambino mi teneva sveglio dandomi la forza di lottare. In cerca di aiuto, quello provò a prendere il fischietto che teneva al collo: prima che potesse usarlo però lo colpii *io*, stordendolo. Non mi fermai: mentre cercava la pistola, furioso lo presi a pugni sulla fronte fino a che non fu lui a svenire! Recuperata la pala feci per finirlo perché aveva ucciso mia madre: mi fermò la sua età però. Negli occhi avevo visto rabbia, all'inizio, poi paura. Era un ragazzo; solo un ragazzo, e tutto quello che inizia nell'odio può finire solamente con l'amore.

Attirato dal frastuono, il compagno tornò indietro verso dove ci trovavamo noi: non gli diedi neanche il tempo di fiatare, perché lo colpii in testa con la pala, tramortendolo. Al loro risveglio non ci avrebbero trovati.

Una volta disarmati i due ragazzi, tornai dal bambino: dovevo sbrigarmi perché Thompson avrebbe mandato altri dei suoi, solo che non trovavo più la tomba; stordito qual ero. Disperato, presi a scavare a caso con le dita, chiamandolo senza ricevere risposta. Barcollando e cadendo, mi gettavo nella terra e sotto alle pietre mute urlavo ancora, e scavavo come potevo, fino al sangue, spezzandomi le unghie. Già avevo perso la speranza, quando improvvisamente udii un grido straziante, disarticolato e primordiale. Fu quella preghiera di vita che mi permise di trovarlo nel buio. Il bambino senza nome stava raggomitolato, sotterrato e perciò impaurito: aspettava me.

Facendolo rinascere dalla terra, lo tirai fuori tra le lacrime:

"Papà è qui!", gli dissi: "Non trattenerti"; così finalmente poté piangere e assieme a lui lo feci anch'*io*, gridando a squarciagola i nomi di mia madre e della sua, fatti solo di lettere: una consonante e una magnifica vocale.

L'eco che mi rispose ripeté mille volte quel pianto: tutt'oggi nella bocca chiusa si possono sentire i loro nomi. Per me sono immortali.

6.

La brezza che si alzò al mattino spazzò via lo smog dall'aria, scuotendo Speechlesstown da quella stasi.

Nella notte passata era accaduto qualcosa di importante, e il sole sorse come mai da quando ero tornato: non più offuscato, tinse il cielo di rosa e il sobborgo di luce; illuminando la strada che entrambi percorrevamo in silenzio. Della mia età adulta ricordo soprattutto quella luce.

Gli eventi trascorsi mi avevano tolto la voglia di parlare: in realtà, questa è la prima volta che lo faccio; e ho deciso di rivolgermi dentro e fuori il mio paese per far sì che mi si ascolti. Di quella strage non hanno ancora detto nulla; immagino perché Thompson non voglia. Lo chiamano quarto potere, ma è il primo: l'informazione, che in un mondo sempre più veloce è sempre più importante.

Camminavamo mano nella mano, cercando di farci forza a vicenda: ero così sconvolto da non pensare a nasconderci –risalimmo la via della lotteria al centro delle carreggiate libere. *St.* era deserta, e si respirava dolore e miseria, attraversandola.

Non c'era più ragione d'aver paura: ci era stato tolto tutto; avevamo solo *noi*. Così, nemmeno superare la vecchia *T.a.* ci intimorì: il sole nuovo ne illuminava il fianco, rendendola meno spettrale. Se fosse esistita una sola piaga al mondo, in quel momento, per *noi* sarebbe stata l'indifferenza: col coraggio di camminare mano nella mano la vincevamo. Al collo la macchina fotografica, con dentro le ultime foto che A aveva scattato. Una prova da mostrare al mondo: il suo ultimo atto di ribellione.

La Lingua può venire tassata e la comunicazione verbale tenuta sotto controllo ma nulla potrà mai impedire all'uomo di stringere un contatto; un legame. Era quella l'unica cosa che rimaneva a *noi* –un legame. D'altronde, strozzando una voce si può fare di tutto: commettere orrori ecologici e stermini senza ripercussioni; e tutto grazie all'indifferenza, che permette a chi è sorretto di comandare e costringe chi sorregge a continuare. Svoltando su Glossitis Street, diretti a casa, pensavamo proprio a questo: a come soffocando la conoscenza si possa regnare da ignoranti. Poi all'empatia, pensavamo; che è prendere a cuore le cose, le persone, la vita –solo rimedio per la malattia dell'uomo; unica arma contro l'indifferenza.

Sorgeva un giorno nuovo su Speechlesstown, e al suo risveglio avrebbe sentito un vento diverso, su di sé. Tutto sarebbe passato tranne la sua bellezza: lì su Glossitis Street ne ritrovammo una traccia, anche se scolorita. Il suo volto era quello di una speranza che neanche gli anni erano riusciti a far tacere: urlava al mondo la stessa verità di un tempo, così la feci leggere al bambino, indicandogliela. Da quel momento in poi avrebbe parlato a entrambi, ripetendoci parole che non erano più soltanto di mia madre ma anche della sua, e di tutto il ghetto.

Tutti valiamo più di quindici milioni di parole.
"Papà".

-fine

35549899R00146

Printed in Poland
by Amazon Fulfillment
Poland Sp. z o.o., Wrocław